埃德蒙·雅贝斯文集

埃德蒙·雅贝斯文集

边缘之书

[法]埃德蒙·雅贝斯_著
刘楠祺_译　叶安宁_校

广西师范大学出版社
GUANGXI NORMAL UNIVERSITY PRESS
·桂林·

边缘之书
BIANYUAN ZHI SHU

Le Livre des Marges
Author: Edmond JABÈS © Éditions Fata Morgana 1984 et 1997
Translated by LIU Nanqi
著作权合同登记号桂图登字：20-2022-090 号

图书在版编目（CIP）数据

边缘之书 /（法）埃德蒙·雅贝斯著；刘楠祺译. --桂林：广西师范大学出版社，2022.10
（埃德蒙·雅贝斯文集）
ISBN 978-7-5598-3791-2

Ⅰ.①边… Ⅱ.①埃…②刘… Ⅲ.①随笔－作品集－法国－现代 Ⅳ.①I565.65

中国版本图书馆 CIP 数据核字（2022）第 134480 号

广西师范大学出版社出版发行
（广西桂林市五里店路 9 号　邮政编码：541004）
网址：http://www.bbtpress.com
出版人：黄轩庄
全国新华书店经销
湛江南华印务有限公司印刷
（广东省湛江市霞山区绿塘路 61 号　邮政编码：524002）
开本：720 mm × 960 mm　1/16
印张：21.75　　字数：140 千
2022 年 10 月第 1 版　2022 年 10 月第 1 次印刷
印数：0 001~6 000 册　定价：69.80 元
如发现印装质量问题，影响阅读，请与出版社发行部门联系调换。

作者像

埃德蒙·雅贝斯，1912年4月16日生于开罗。

1957年被迫离开埃及，定居巴黎，后选择加入法国国籍。

1959年出版诗集《我构筑我的家园》，收录1943—1957年间的诗作。

自1959年起开始创作《问题之书》：

1963—1973年出版七卷本《问题之书》。

1976—1980年出版三卷本《相似之书》。

1982—1987年出版四卷本《界限之书》。

1989年出版一卷本《腋下夹着一本袖珍书的异乡人》。

上述十五卷流亡中诞生的作品构成了埃德蒙·雅贝斯著名的"问题之书系列"，该系列作品因其创作风格的独特性而难以定义和归类。

埃德蒙·雅贝斯现已成为众多专家学者研究的对象，其作品已被译成包括英语、德语、西班牙语、瑞典语、希伯来语和意大利语在内的多种文字出版。

埃德蒙·雅贝斯于1970年获法国文学批评奖，1982年获法国犹太文化基金会艺术、文学和科学奖，1987年获法国国家诗歌大奖，并于1983年、1987年分别获意大利帕索里尼奖和西塔泰拉奖。

埃德蒙·雅贝斯于1991年1月2日在巴黎逝世。

目 录

第一卷　顺其自然

无日期且无法确定日期的纸页　009
　一、命名权　010
　二、页脚　011
　三、阅读　013

第一步　023

既近且远　029

石头的永恒　033

之后的时刻　043

　致雅克·德里达的信：论书之问题　047

翅膀与束缚　061

论恐惧　067

论恐惧之二和之三　069
　札记　070

补充札记　073

　　论文本的恢复与保存　075

　　游戏的状态　077

　　绝对者　099

　　草语　129

　　绝对的死亡　133

第二卷　对既言之言的双重依赖

　　前面的话　147

　　　赌注　148

　　　既近且远之二　149

　　　那个点　153

　　白昼的皱纹　155

　　　哪一个　157

　　　空白的卡片　160

　　　论舒适的依据：从黑夜部分说起　162

　　　椭圆　167

　　　场景·开放　172

　　　愿他长眠于"因此"　173

　　　移动中的书写　176

　　　一九七七　177

　　　词语的发明　179

　　　墙　183

　　　回忆保罗·策兰　189

　　　词语的记忆　190

心怀奥秘的人　197

　皱纹的岁月　203

　　确凿无误的法令　206

　　踪迹唯存荒漠中　209

　　在法国犹太教基金会的演讲（节录）　221

　　在皮埃尔·保罗·帕索里尼纪念日的演讲（节录）　229

　　书的话语　231

　　裸剑　237

　　绝对者之二　242

　　论路易–勒内·德·弗莱，或问题的不安　245

　　在雅埃尔的边缘　253

　　告辞　255

第三卷　构筑于每日每时

　但丁的地狱　261

　终极之恶　273

　革命　275

　黑，状如饥饿　277

　与纳尔逊·曼德拉同在　281

　结束语　287

　论诗……　293

　沉默的声音　303

　真正的可读性　309

　雅克·杜宾　312

　梦　316

路易吉·诺诺 318
读者眼中的报纸 322
向……作答·对……负责 324

译后记 326

第一卷

顺其自然

献给莫里斯·纳多①

---

① 莫里斯·纳多(Maurice Nadeau,1911—2013),法国作家、文学评论家和出版家。

"在书中，濒死是否意味着对所有其他人而言都变得不可见，唯有自己可以辨别？"

——《亚埃里》①

"在书中，书写是否意味着对所有其他人而言都变得可读，唯有自己无法辨读？"

"……因此，濒死是看见不可见之物的一种方式……"

——莫里斯·布朗肖②

《论耐心》(*Discours sur la patience*)

原载《新社交》(*Le Nouveau Commerce*)

1975 年春季号

---

① 《亚埃里》(*Aely*)是《问题之书》(*Le Livre des Questions*)的第六卷。
② 莫里斯·布朗肖（Maurice Blanchot，1907—2003），法国作家、哲学家和文学评论家，其著作对后结构主义有重大影响。

若我之自由不在书中，会在何处？
若我之书非我之自由，会是什么？

真理只能是暴力的。温和之真理不存在。

所有暴力都存于白昼。

死亡，白昼之尽头，亦为暴力之尽头。

对我们而言，非自愿的事始终是不可避免的事。

明天永远敞向明天。真理永远敞向真理。白昼永远敞向白昼。黑夜永远敞向黑夜。暴力永远敞向无休止的暴力。

以书之暴力掉过头来对抗书：一场无情的缠斗。

写作，或许就意味着以文字出征这场缠斗的各个不可预测的阶段，在这场缠斗中，造物主作为不动声色预留起来的进攻性武器，是各家心照不宣的筹码。

无日期且无法确定日期的纸页

死亡的影子是空白的。

一、命名权

作家的时间是符号之生命的功能,是由书之功能驾驭的某种呼或吸的功能——可以说,它是由字词自身之时间在时间内维系的某种时间之缺席的功能。因此,相对于我们自身可计量的时间而言,它是一种不可计量之时间的功能。

亲爱的加布里埃尔·布努尔[①],正是在这另一个时间中,在这一时间的边缘,我再次找到了您。您曾属意无限。您的双足曾承载您奔向无限,又在某晚弃您于无限,如今,唯有无限才有为您命名的权利。

---

① 加布里埃尔·布努尔(Gabriel Bounoure, 1886—1969),法国诗人、作家,雅贝斯的好友,曾为雅贝斯诗集《我构筑我的家园》(*Je bâtis ma demeure*)作序。

二、页脚

（我的朋友们了解我过着怎样一种与世隔绝的生活，这并非说我过度推崇孤独，而是说写作总是使有志于此的人离群索居，并将他紧紧拴在了希冀获得拯救之地。）

"死亡意味着阅读。"

——《雅埃尔》[1]

"唯有读者真实。"

——《我构筑我的家园》[2]

---

[1] 《雅埃尔》(*Yaël*) 是《问题之书》的第四卷。
[2] 引自雅贝斯诗集《我构筑我的家园·词语留痕》(*Je bâtis ma demeure: Les mots tracent*)。

他说:"多少次,在沉沦之际,我自以为已经得救。"

三、阅读

作家唯有通过自己的书写——也即是说,通过阅读自身——方能摆脱书写。写作的目的仿佛是将已写就的内容当作一块跳板,开始阅读未来的写作。

而且,已写就的内容只有边写边读,才能在阅读中不断修订。

书因允许自身被阅读而写就,就像写就后总要被阅读一样。

书面语引发阅读,它自始即有别于口语。书面语取代口语,绝非为了固化自身或更好地表达,恰恰相反,是为了使其各部分在意义的不同阶段和不同层次呈现给阅读时享受词语的冲击。

正是视觉而非听觉启动了真正的追问,对成千上万沉睡于字母中的问题的追问。

阅读是符号的主人,但阅读不是生于符号并死于符号么?目光不也是生于符号并瘗埋于符号中么?

他说过:"一本糟糕的书或许只是一本其作者并未参透的书。"

（……因为书一旦以清晰的文理写就,势不可当的字词一旦解除了禁忌——书便得以与书相扞格,即其本身遽然返回"未完成"的状态——字词与字词分离,以便在被赋予了意义的位置上受死,所余唯有那些受到恐吓的踪迹、话语的萌芽。因为所有该领悟的,必在其挣脱约束、渐次发力并与一张矛盾百出的关系网缠斗之际才得以领悟,如果说诸多矛盾关系将词语还原为其作为符号、意象、声音的功能,还原为其作为符号中的符号、意象中的意象、声音中的声音的功能,它们亦同时使其从意义的压迫之轭——**全体性的暴政**——里逃出生天。就像词语为了避免成为**一切之虚无**,必须首先成为**虚无之一切**一样。）

*

书,便是那种孰不可忍的全体性。我在雕琢面的背景下书写。

书写要将我们置入词语,为的是让我们成为其情节的一部分。此后便再也没有人能帮得了我们。

造物主，深渊的反叛之名。

对人，对物，一个可接受之名。对不可见者，一个不可妄呼之名。

（不可见者之可见！
将造物主当作中性的典范，
日益衰落的现实，风光无限的非现实。）

*

赞同或反对某部特定的作品从来都使人疑窦丛生。我们对在某部作品中发现的东西或褒或贬。也就是说，我们从中有所斩获，并使之成为我们内心的一部分。每位读者都拥有此种无限的自由。但书历来不独属一人。书只是貌似臣服于那个读者。如果被所有可能的作品俘获，到头来就可以不沦为任何作品的牺牲品。

（"在哪儿能找到辨别作品优劣的标准呢？没有标准，只有一读再读；——没有标准，只有习惯成自然。这个习惯可以帮助我们在作品中找到络合其深邃起源和某种持久的、活跃的在场之陈述的确证。")

——加布里埃尔·布努尔

《教堂广场前的跳房子游戏·序》

(*Marelles sur le Parvis*)

从某种意义上讲,文学史无非是一部可怜巴巴的复仇史。有时,书由一些人的热情所承载,战胜了某些地方显现出的对自己的无知或公然的敌意;有时,读者转向了晚近的新作品,这种转向抹去了一度过于沉重的往昔。

时间如此流逝,阅读,书写;重读,重写。

某一天,作者发现自己身处其作品所引发的评论当中。他突然发现,无论他身在何处,藏匿何方,他都处于聚焦其身的无数聚光灯的摆布之下。这些聚光灯无情地追溯着他的荣衰历程。

这些,我无意在本书中点评。

*

中性,随着它从未知到更为稔熟那漫长而频繁的偏转,我们怎能无视它希冀审慎栖身一旁的意愿?它完全有理由担心自己被过早地变成现实之钥。

星辰对空间表现出的冷漠，与黑夜应允其闪烁时表现出的冷漠类似。

这种由无限赡养的相互间的冷漠，无论在否定抑或肯定的形式中，皆为中性之疏远造成的距离。

作为一切距离之冷漠的造物主，便是中性的盲目之傲慢。

唯独中性，高于最高，低于最低。

游移不定的意见不叫中性。
朦胧的光意味着非存在。

哦，那挂在太空坚固之环上的钥匙，有着未知的齿模、无限的钥匙槽……

非存在中的某种存在有如一把利刃。
中性在切割。

场域的中性：空气、纸张、大理石。

字母、音节、字词最终都会将它们在某种程度上曾试图占据的空间让予中性。

将所有场域之场域的造物主当作过度之中性。

符号镶嵌于中性之上。它因而成为中性的符号,一如沙粒是无限的烁闪。

真实之非真实有时是中性滥用的真实。

钥匙之于书:中性之于真实的光。

书中翻动的每一页都是一扇在我们身后紧闭的门,一扇已忘却其名的门。

中性是名字的极端之胆量,是其自身洋溢的自由。

书之钥即名之钥。

束缚我们之物通过让我们摆脱束缚而起作用:对中性的某种渴望。

谁将言说一颗沙粒的灼热或其夜间的寒凉?这是中性每天的温度范围。

在祁寒的中心寒冷,在火焰的眼前燃烧,中性于分分秒秒中幸存。

前往中性,触摸中心,标记边界点。

中心:上千处场域①。

虚无与一切是中性的两极。

"对游牧者而言,空间会排除自身。它变为零场域,其不可区分的各个部分毫无意义地联结在一起。"

——加布里埃尔·布努尔

《埃·雅或以书疗疾》

(E. J. ou la guérison par le livre)

原载《新文学》(Lettres Nouvelles)

1966 年 7—9 月号

中性:零方式,被同一个标记宣布无效。

——荒漠中没有路,但会不时偶现一个碎裂的脚印。

---

① 这是雅贝斯的一个文字游戏:他将"milieu"(中心)一词拆分为"mille lieux"(上千处场域),其读音相近。

从夜到夜，土、水和火言说着神圣的中性。

"以无解做出解释。"

——加布里埃尔·布努尔
《教堂广场前的跳房子游戏·序》

"……荒漠排斥家园，为人类本质上的漂泊敞开了一个无限的他处。在此，任何'在此'都没有意义。而当这个零中心响起人类的声音时，在场和缺席之间便会发生一场恶仗，它们在每个词语的核心交战，且从来都以缺席的获胜而告结束。"

——加布里埃尔·布努尔
《埃·雅：家园与书》
（*E.J. la demeure et le livre*）
原载《法兰西信使》（*Mercure de France*）
1965年1月号

（能被言说之物在将来不被言说之物中被言说，因为一切正被言说。

如果是加密文本，请从零开始破译。

在否定之肯定和肯定之否定的永恒魅惑中，中性的时间入场。

密码数字的中性证实了文本的文字性。）

*

缺席：中性执着的天空。

对中性而言，没有什么是不可能的。留存在其边界的正是不可能：天际之线。

非思想留下了一扇封闭的门，通道壅塞。诡异之死。

思想无耐心。非思想——那规避思想甚或是思想之问题的东西——或许就是虚空之边缘的一种无限的、被动的耐心。

那不具人格之重量的，便是宇宙……
中性的重量。粉碎最后之世界的重量。
死去，意味着具有中性的能力，现在它变得轻盈。

期待了几个世纪的中性之墙，如许狂热或谦恭的额头碰到它，血流遍地。

从意义到无意义，从生命到死亡，从河流到大海，宽广的莫过于一条条铺满流沙的中性干线。

"非思想，"他说，"是——谁知道呢？——思想中再也不会存在的东西，或毋宁说，它只作为酵母存在：一种难以想象的先于前思想之前的思想。"

思想会如回归起源那样回归非思想么？若如此，便不存在可思考的起源。因此，造物主会无限期地迷失于造物主。

越接近元气越好：中性在此。

从今往后，我们将把中性称为从零开始的差距。

第一步

（词语将其意义强加给它从中出身的无意义。

词语的意义即是其冒险的意义。词语所赋予的意义允许——并使我们归咎于——其自身的外展和抹除。

"我所知道的一切都是字词赋予我的。"他说，"词语揭示一切并揭示自我。作家无奥秘。"

正确的词语。正义的死亡。

世界存在于某个词语当中。一个词语之死即是一个世界之死。

字词喜惧参半地向不可能的书发愿奉献不可能

的爱。

词语的意义不存在，但毋宁说，存在着一个为意义所推崇的法则。

他说："如果那些沮丧的字母不必加上它们那份盐粒①，意义无非就是阅读或聆听的一种简单的约定俗成。"

每个字词都有自己的那部分意义，也就是说，都有死亡所揭示的那部分意义。

他说："书写，哦，峡谷和山峦的风光，俱为我们在死亡中征服与失败的忠实翻版；此即为何我们每个人都有自己的书写方式。声音则紧随其边缘而行。"

生与死拥有同一个名字：我们的名字？

造物主拥有一个他从我们的名字中夺去的名字，拥有一个他令我们失去的场域。

---

① "盐粒"（grain de sel），亦有"怀疑""保留"之意。

他又说:"从他谈吐的方式我就能知道他写字是直是歪,是大是小,并且还能知道他会死在哪座山的脚下。"

安息,即无言之死。)

所以说,思想或许是词语反抗和修正的目光之走向。

思想的历程即是死亡富于启迪性的旅程。

书之广袤的黑夜。星辰拼写字词。

他说:"一旦你通过名字认识了所有星星,就证明你已经阅读了所有的书。"

本书收录的都是我打算留在作品边缘的文本。必须为这些文本保留其边缘的属性,甚至要强调此种属性,以便实现一种更为自由的阅读。这些文本与其说将虚无归功给了一切,毋宁说将一切归功给了虚无,由此生发出了它们对一切尚未餍足的欲望以及它们对虚无的原初恐惧。

我希望它们能作为晕眩之书写而被接受,在那儿,书敞向书。

"某个人到过并已离去。他的踪迹和他的过去没什么关系,和他在这个世界上的工作或快乐也没什么关系,该踪迹是无序本身的烙印——我们不禁想说是金石之刻——其推手是不由分说的重力。"

——埃玛纽埃尔·列维纳斯①
《他者的人本主义》之九:《踪迹》
(*Humanisme de l'autre homme*, IX, La Trace)

……也许这是在划定的标志线以外对一道紊乱之枢轴的忠诚,也许这是一件我本无法使用的利器?

词语不惧怕词语,但惧怕文本。

……这是日渐反抗所有我们对秩序的天然驱动的"无序"。

有序的纸页,无序的纸页;此地,符号苏醒或长眠。

---

① 埃马纽埃尔·列维纳斯（Emmanuel Lévinas, 1905—1995）, 法国哲学家,犹太人,原籍立陶宛,年轻时师从哲学大师胡塞尔、海德格尔研究现象学,深受两位大师思想的影响又有所超越。列维纳斯是继胡塞尔、海德格尔之后在西方影响最大的哲学家之一,也是最为彻底地反对自古希腊以来整个西方哲学传统的哲学家,他提出的"他者"理论已成为当下几乎所有激进思潮的一个主要理论资源。

"神自己也需要一个证人。"

——莫里斯·布朗肖

《最后的人》(*Le Dernier Homme*)

既近且远

……这个未来,我已然洞悉最初那些词语。

"为在光中

看清黑暗,眼睛从光中

撤离"

——罗丝玛丽·瓦尔德洛普[①]

"他者

纯粹之情节的

第一人

一人

[①] 罗丝玛丽·瓦尔德洛普(Rosmarie Waldrop, 1935—),美国诗人、翻译家和出版人,雅贝斯"问题之书系列"的英译者。生于德国,1958 年移居美国。

所有线索对他皆成谜"

——安娜-玛丽·阿尔比亚克①

"一个虚空成形并凸显
一个虚空成形并凸显
要与其名字一同爆发"

——约瑟夫·古格利尔米②

"他仍有余力阅读一些死亡的片段,仍有余力在他者的领地安排词语。"

——阿兰·维恩斯坦③

"于是名词逐渐减少
在每一句话语之前
在每一个完成的隐喻
之前

---

① 安娜-玛丽·阿尔比亚克(Anne-Marie Albiach, 1937—2012),法国诗人。
② 约瑟夫·古格利尔米(Joseph Guglielmi, 1929—2017),法国诗人和翻译家,原籍意大利,曾为雅贝斯诗集《我构筑我的家园》作跋。
③ 阿兰·维恩斯坦(Alain Veinstein, 1942—),法国作家和诗人。

他说

有一天我将从死亡中出现

而书写将了无羁绊"

——克洛德·罗伊–朱诺①

……这个未来，我已然惧怕它的沉默。

阿沃拉比在《问题之书》中没有找到自己的位置——那时，我怎么可能知道现阶段他会对我的今日之思考产生如此巨大的影响，犹如书中众多拉比的情形一样？我虚构了那些拉比的存在，而后又与之渐行渐远。对阿沃拉比而言，其作品的语言——可以说，那是一种拯救于语言中的语言——已成为独一无二的语言，其中充满了难解之谜，他曾经写道："我名叫阿沃，这个名字迫使我停在了未来的门槛上，因为这个名字用了'未来'的头两个字母。②"

鉴于他的例子，当我知晓未来不过是名字抹去的东西，再听到自己的名字时，我还能说什么呢？

因为缺乏想象，我毫无想象地书写。

书写是想象的反面。

---

① 克洛德·罗伊–朱诺（Claude Royet-Journoud，1941— ），法国诗人。
② 法语中，"未来"一词写作"avenir"，阿沃拉比的名字"阿沃"（Av）恰好是这一单词的头两个字母，故阿沃拉比说"这个名字迫使我停在了未来的门槛上"。

石头的永恒

"我明白,无论我做什么,我所能做的一切就是坚持。"

——罗歇·卡尤瓦[①]

《虚构的方法》

(Approches de l'imaginaire)

石头无疑最不善雄辩,但肯定又是永恒的最可识别的形式。

石头之上,我们竖起建筑,我们情感迸发。

当石头变得透明,或毋宁说,当透明变成石

[①] 罗歇·卡尤瓦(Roger Caillois,1913—1978),法国作家、社会学家和文学批评家,法兰西学士院院士。

头,大地的所有梦想便都能阅读了。

永恒与永恒在其巨大、明净、静止的镜子中嬉戏。

……狂暴的闭合。

若风暴也在那镜面中咆哮,该当如何?

石头①

罗歇·卡尤瓦

"我谈论的是比生命还要古老的石头,在冷却了的星球上——生命曾有幸在此绽放——石头将在生命之后更为恒远地存在。我谈论的是根本无须等待死亡的石头,它们无须做些什么,无非让流沙、骤雨、浪涛、风暴和时间从其表面滑过。

"人类嫉羡它们的恒远、坚硬、决绝和光泽,嫉羡它们的平滑和绝不渗透,即便碎裂也依然一体。在同一种不灭的透明中,它们是火,是水,不时会有彩虹前来拜访,不时会有水汽前来光顾。访

---

① 《石头》(*Pierres*)是罗歇·卡尤瓦的一部咏唱各类矿物的散文诗集,出版于1966年。

客为石头带来星辰的纯洁、寒冷、距离和众多静谧,而它们将这些一一捧在手中。"

一

字里行间中成长的书，犹如宣告中成长的星星。

一本不寻常的书。

此点我们必须铭记在心并诚心接受，仿佛它是穿越了浩瀚的空间来与我们会合的；从此便有了这一既近且远的话语；我甚至会说，因为它似乎来自最黑暗的时间，因而它也显得更近；从此便有了这一断裂中的连续，仿佛一切都在太初时即被抹去并再次重生；石头里，这一连续性揭示出向着"不可见"发出的某种盲目的推力，揭示出某种延续并完成循环的无与伦比的意志。

从惯性到惯性。

追随着罗歇·卡尤瓦，我们在石头光滑的表面上发现了椭圆形和圆形、双多面体和菱形，发现了令人眼花缭乱的小径和类似醉酒般的骤转，并体味出其中的神秘与勇气。

此乃多重表述的介质，从循环及其循环之中的变体，或从循环及其循环之后的变体中，中心——即真实的节点——总在他处。

但石头中的一切都是真实的，因为它存于死亡，因为它既是世界的无名之脸，也是深陷幸与不幸之繁衍的动物和人的最初或末次呼吸；因为万物的前生来世最终都存于石头中。

此即作品为何意欲以最谦卑的卵石的意象，在被大海、雨水和风爱抚并销蚀的散乱意象中得以完成；因为销蚀有如皱纹，也是作品命定完成的证据。

"……最纯粹的轮廓亦即至简的轮廓，唯有它才真正不可或缺。

"唯有在这一漫长的承诺中，在这一终极的苦难里，才隐藏着'完美'的某种能够察觉到的隐秘形式。"

正如一块裂缝的石头，裂缝底部即有美存焉。

"写下这些纸页之时，费劲且自由地组合起一己词语之时，我也完成了相同但不一样的使命，这使命还称不上是使命或类似的任务，但却是我试图描绘出的石头的使命。"

二

（石头落水，激起片片涟漪。

啊！如果我从高高的悬崖上把越来越重的石头逐块推入大海，有朝一日能成为宇宙的主宰么？

在白昼的那个点上。

争议的中心。）

"如果无意间在玛瑙上发现有一个圆正被它临近的圆挤占，我们的印象中就会觉得那是一次失败的尝试。

"相反，如果那个圆自我表明在玛瑙或水晶的闪光平面上巨大而独特，如旷无一物的天空中的太阳，它便彰显了自身的荣耀。若真如此，也算是一桩奇迹。"

石头中长眠着大地最初的词语，符号的无限。

世界或许就诞生于这大胆的阅读当中。

从它延展定型的那一刻起，石头中的一切便再也不会消失，其存在也变成了永恒的非存在。

在探索矿物宇宙的过程中，罗歇·卡尤瓦是否如其所为，从一开始便意识到自己正避开某个一直困扰他的真实呢？从此，他的前行中便有了一丝平和，一种宁静——一种近乎确信的宁静——这无疑是那些探求不可能之物的人感受到的宁静，这些探求者甚至拒绝奇迹，并以舍我其谁的理念揭露欺骗，而无论欺骗现身何处。

对既已发现的矿物世界的激情考问，令他如今——也许头一回——去辨识其中所有碎片，令他学习并采用矿物世界的方式书写，令他编纂出一部堪称典范的通信札记——将他自己变作物体，变作爆裂的石头——这部札记会慢慢推动他以某种新的神话、形而上学、道德观念、审美观念去定义自我，在这一片片超越了时间的领地，生与死是同义词。

于是他直面书写——是他的书写么？——那书写镌刻在虚空中，像燃烧殆尽的一颗颗恒星，封住了书的最后数页。书被刻进了符号及其沉默中，也就是说，被刻进了迄今已被证实的缺席之物中，刻进了为存在而自我命名之物中。

"这种略带幻觉的意象为沉寂赋予了活力并超越了感知，有时我觉得，诗随时都有可能从中诞生出来。"

三

  我又看见自己在埃及的沙漠里找寻卵石——黄色的，有时是棕色的卵石——从沙子中挖出它们，带回家，为的是能有人的脸从卵石的空无中遽然浮现，为的是能有一张已被时光打磨了数个世纪——而非几个瞬间——的永恒的人的脸遽然浮现，为的是能让它们鲜活的脸与生命抗争。

  孤身于沙漠中，每颗沙粒都在见证狂风的衰竭、被弃的世界，我满足于这一表象；而在石头的内部，死神之心正欢快地劳作，伴随着天堂或地狱的一次次脉动，那永恒封闭的宇宙被写就。

一封信的片段

  感谢您的《棋盘上的空格》①，对我而言，这部作品已成为我长久思

---

① 《棋盘上的空格》(*Cases d'un échiquier*) 是罗歇·卡尤瓦的一部作品。

考的对象和中心。

这部作品的序言为我们揭示了其自身很有把握的趋势,但同时,每一步又充满了焦虑。

正是从这一维度出发,您的书如今已成为我们的必读书。诘问令每本书的边界后退。且随着诘问的不断延伸,评论也在不断深入,那意味着新的诘问和新的沉思。

您的好奇心坚定而执着地追寻着一个对象——有如一个人手握一枚要剥开的坚果,或抓住一棵要拔起的树,但又有什么从您指间滑过,只能在别处抓住——或许永远也不逮——而它骤然间又照亮了我们。

书中有诘问,最终,有对不能接受之回答的绝望。

书中亦有在其自身范围内的叙事。

您需要探究假定的事实及其秘密,这是您思考的特点:这一所谓的秘密并非刻意要隐瞒什么,相反,是它在最深的层面下说了什么。因此,恰是那秘密的话语被不断追问。

您接近物——和人——的方式,几乎是出乎本能地通过掩饰物进行的。

为了观察,为了理解,您总是从最不轻易呈现给视觉和听觉的事物开始。耐心的追寻。在选出的踪迹中追寻不确定的踪迹。

恰在此时,秘密开始言说,而话语则在您的书中找到了自己特许的位置。

您踌躇不前,似乎对前景充满了惊叹或畏惧。

虚空面前,晕眩攫住了我们,一切真实——乃至刻在石头上的真实——都死于曾经的存在，死于进入死亡的持续阶段，以至于其自身的原初之抹除如今对我们而言似乎都是其清晰且一以贯之的显现。

痴迷于不存在之物，我们就须占有这一对象，将它揭示给其自身和其他事物，以便将其还原，就仿佛它是一个有待战胜、有待克服的障碍；这正如您曾经为了在您同胞们的沉默中成为他们的一员而不得不超越他们的那种行为。毁灭的大师有如合规的大师。

万物相互依托。万物相互应和。人与人的信仰。战争与庆典。昆虫的舞蹈与静止的石头。游戏的规则与宇宙的法则。

借一次次往来奔袭，您引领我们达至自身的极限。我们大睁双眼，调动起自身的全部资源，紧盯着仍为世界之镜的那个东西，这世界，我们仍在孜孜不倦地探寻，我们将在其中不断地审视自己：那是书写的世界，在那儿，世界浮沉变迁；那是被拣选的话语，在那儿，我们与自身、与空间较量，就好像我们为了被统治而不得不在某种单一的统治下活着——并死去——而我们必须轮流统治。

字词是非距离中的距离，也就是说，是每个字母搭接时所强调的间隙之宽度。那已被言说的，始终都在永不言说中被言说。我们正是在此极限上认识了自己。

……但您对这株饱受沙漠折磨的玫瑰太过苛求了。某种由沙漠传授的真实，正是这种真实让它迷失了自己，仿佛它不得不为自己斗胆成为一朵花而受到惩罚。

之后的时刻

一

他说:"眼睛捕获的是它行将抹去之物。它察觉不到那逃避死亡之物,即不可见之物。"

他又说:"眼睛是人性的。眼睛让亚当终有一死。

"当亚当睁开双眼时,造物主颤抖了。

"亚当的堕落是眼睛的胜利。

"造物主没有眼睛。"

造物主知道:他是瞎子。人从自己双目摧毁之物中学会了认知。一切知识皆通过拣选而来。拣选确保谋杀奏效。

造物主命令说:"尔不当杀人。"难道他希望人再次变瞎么?

我在完成《问题之书》后不久遇到的一位拉比曾经写道:"主啊,为何要借赋予我视觉而把我变成一个凶手,尔后又为何因我睁开双眼而诅咒我?"

他写道:"造物主以造物的目光为尺度创造了世界,为的是让他们死于相互之手。"

他又在别处写道:"造物主创造了世界,这就是说,造物主为了直面人的目光并通过逃避这一目光来为自己立威并创造了自己。"

造物所能给予造物主的上佳之爱的证明,便是接受他的不可见。

世界将随目光的消逝而消逝。一切都将持续已被言说之状,一如在太初即已被言说一样。

二

"……眼睛致命地一睁。"

——雅克·德里达[①]

[①] 雅克·德里达（Jacques Derrida, 1930—2004），法国哲学家、符号学家、文艺理论家和美学家，犹太人，西方结构主义的代表人物，出生于阿尔及利亚。

三

眼睛是一页白纸。它屈从于注视。

你把你之所见变为书写，把你之被见变为阅读。

眼睛即遗忘。既是对已见之物的遗忘，也是遗忘的无言之目光。

你将无为。你将崩解。

致雅克·德里达的信：论书之问题

"……我一直时不时尝试着把哲学搬上舞台，搬上不能有傲慢之举的舞台。"

——雅克·德里达

（言说，缄默，差异已现。

整体空白之地，碎片亦复如是。

一滴血，书之太阳。）

我们赋予能引发火灾的字母以纵火权。
词语是腾天烈焰的世界。

造物主从未停止在他名字的四团火焰①中燃烧。
哦，转瞬即逝之白昼中永恒的白昼。

---

① 指构成"上帝"（Dieu）一词的四个字母。

三个世纪以前，有位被埋没的拉比——我不会披露他的名字——写道："今夜，如同每一夜，在我的烛光下，我用出土的词语填满数张饥渴的纸页。

"造物主在桌子的彼端撰写他的书，书的烟霭笼罩了我：因为我的烛焰就是他的笔。

"不久后，若我的书不是造物主之书某页纸上的些许灰烬，会是什么？

"对书写而言，受保护的空间并不存在。"

他又写道："每个字词里都有一堵火墙隔开我与造物主，而与我同在的造物主便是该字词。"

火无法在它自己写下的词语中熄灭。书的永恒，从腾天烈焰到腾天烈焰……

许诺给火的永远是唯一的一本书，所有的书都做了燔祭。因此，时间写在时间的灰烬中，而造物主之书则写在世人之书的疯狂烈焰中。

（火：欲望的童贞。）

《弧光》(*L'Arc*) 邀请我参加一期有关您的专辑,我之所以接受邀请,是打算通过该杂志直接给您写信,因为我的写作实践已抵达了一个关键节点,一个持续追问字母和符号(它们有生成字词和书的风险)的中心——也常常是暗黑之夜,在那儿,我们只能通过亲密对话的声音对他人言说——或者言说他人——只能通过倾听另一声音的声音言说,而众所周知,那声音曾为自己而打破沉默。

我这样做,也是为了抑制自己的气恼,因为对很多人来说,对话语的追问突然间变成了一场被操控的、徒有大胆之名的游戏,变成了一种对无法正面获取之物的巧取豪夺。

我们知悉那密码,那密码是传递给我们的,正是基于密码、认知和对文字的确信,我们的阅读才得以确立。这种阅读被称作面向文本层面的开放:但基于何种文本?因为但凡开始写作——我正是基于此种阅读而写作的——该文本无非从一开始便沿用了一种已被接受的理论,沿用了一种其全部微妙的组合与图式均被选定的方法,我们甚至无法估量其后果,虽说如此,我们仍须将自己的书建立在此类后果之上。

空白的纸页并非我们必须将就的填字格。它肯定会变成这个样子,但将以何种代价?

因此,当今时代那些重要的作品,通常被认为是追赶时下风潮的一部分，且首先是通过我们从中获得的——或记住的——那些可以轻松引用的东西。

海岸尽头，我们建起了灯塔：石头的高塔和探照灯。我们成了光荣的守护人，却忘了灯塔的唯一功能是投光于海面之上，引导船只穿过黑夜，安全抵达锚地。

书的律动有如浪涛，多情而好斗，笔则如照亮浪涛的探照灯，在夜晚照亮成长中的书写，而书写的叹息、咆哮、哭喊和喘息，都被远方灯塔的守护人和作家一一记录在案。

此即为何单一的文本之愉悦并不存在，厌倦、恐惧或狂怒也不存在。当文本的持续性——失去了这种持续性，文本将不成其为文本——在其自主的情况下见证了感同身受的所有快意情仇，见证了溢自浪涛、涌出字词的所有属于我们的精液和鲜血时，我们绝不能仅仅厮守那些暧昧瞬间中的某个瞬间。

从大海到大海，从纸页到纸页，我们总是从写就的文本出发，为的是返回待写的文本。船舶，或许同样是那个执着的字词，它被探照灯的光束捕获、发现、追随，而后消失，但仍继续纠缠着我们，一如纠缠着矩形的纸页或船尾航迹中翻飞的白浪；泡沫则宛若伤口中渗出的黏液。

光束！我内心总会把灯塔守护人的形象同云梯上的消防员形象联系起来：一个试图扑灭大火，另一个则试图照亮大海。二者都让我们看见了死亡。

水底，那么多建筑在熊熊燃烧。

昼与夜无非是灰烬的同一单赌注。

离开书时，其实我们并未行远：我们栖息于书之缺席。同样，灯塔脚下的守护人、离开了书桌的作家，唯有他们仍可在其共享的空间之外阅读。

书之缺席，同时位于字词之前和字词以外；但它也作为被抹去之书写，被书写于书写之边缘。

书写的行为，首先是胳膊和手在干渴的标志下进行的一场冒险；喉咙虽干渴，躯体和思想却全神贯注。只是不久后我们才会发现，我们的前臂已然在纸页上标注出已写就的文字与我们自身之间的边界。一边是字词和作品。另一边是作家。两边都枉求沟通。纸页作为证人，见证着两边无尽的独白，只要一侧的声音沉寂，深渊便即出现。

前臂约束并拦阻我们。话语在四周不遗余力。我们自以为只要执笔，便能达至某种惬意的完满和统一。但随后，一切都不一样了。我们自身被自己的勇气所割裂，兴趣也被剥夺，我们男性的本能反应便是试图掌控墨水反叛的声音，让它为我所用。

然而，即便我们天真地以为给誊写下的话语戴上手铐就能让它动弹不得，但它在其永恒之夜的空间里自由依旧。那自由耀眼夺目，令我们惊惧，令我们担忧。

透过铁窗，透过书的字里行间，我们目睹话语在广袤的蓝天展翅翱翔，那是它自己的天地。因而它先让我们直面虚空，这当然不是为了还原虚空，而是为了感受其无限的晕眩。所有虚构的高墙内外，开始并终结了处于永恒之开端的书写；开始并终结了我们对某种绝对——书——充满激情的追问；最终，书不过是时间之外的白色背景，自破晓时起，我们编号的那些字词之影便开始翩翩起舞。在一切仍有待言说之地，死亡处于它的鼎盛期。

文本阅读牵涉好几级的暴力，这足以警告我们：室内危险。

唯有在碎片中我们才能读到难以估量的整体。因此，我们借助于一个虚构的整体来处理碎片；该碎片始终代表着整体中那已被接受的、传统的部分，但与此同时，它又对开端发起新的挑战并取而代之，使自己成为一切可能的、大白于天下的开端之开端。

眼睛是这一丰富之"解构"的向导和灯塔——"解构"在两个方向推进：一是从整体走向终极之碎片，二是在占据优势的碎片之空无中伴随最细微的碎片自我消解，借其抹除自我而重构整体。眼睛制定法则，眼睛即是法则。在所有可见之物背后，那不可见之物操纵着我们，仿佛缺席的它无非是隐藏在显现之中心的那个事物——或是向我们隐藏起终究都会显现的那个事物——而沉默则不过是在话语宣示中的那些未被言说之物。

我们意识到的这种不可见性、这种沉默，究竟是缘于书写的何种运动、何种行为或何种放逐呢？这种仍有待看见之物、这种在沉默之后允诺发声之物让我们着迷。书写的领域是双向的。书的场域是一个永远失去的场域。

在思考您、思考您对书正在提出和已经提出之追问的研究方法和您的多条路径（其实只是同一条路径，但却标记出了富有深意的峰回路转）时，我发现，似乎为了真正前行，我们只能从一开始就接受返回我们的出发点——它很有可能是一切启程的那个点——并反过来向自己提出那一炙热的问题：何谓书？我无意中发现了一位喀巴拉派拉比对这一最中肯、最紧迫的追问所做的回答——我向您保证，这位拉比对我们如今称为书写的那个东西的了解远超我们的想象，或许他本人并未察觉，因为他更专注于象征主义，但那又有何关系？——我从其原初的神秘意义中析出这个答案，并逐字逐句记录下来供您考虑：圣书是"以火之黑镌刻于火之白"的那个东西。白色之火上的黑色之火。奉献给符号的神圣羊皮卷和世俗纸页的无尽消耗，仿佛被托付——共同签署——给书写的东西只是火焰所玩的一场游戏，是火之火，正如您在最近的一次访谈中所说，是"词语之火"。笃信死去之物会得到净化，以便在某种净化之死亡的欲望中获得重生，因为字词为其自身增加了一个先于所有"延宕"阅读之时间的可读性，而我们现在知道，"延宕"阅读是一切阅读之阅读。时间永远都存在于被废弃的时间之内。

有没有这样一种可能——在作家眼里，发生在任何一本"前书"中的事，只要看不到结局，那结局就在自己这本书中？可是眼前发生的事，无一不是曾发生过的。这本书就在发轫的门槛上。这也坐实了您心中的计划、既定的航程，但这些宏图大志也许让我们觉得有悖谬之处，因为做这件事的时候既要暗中毁坏这条道路，又要让这条路向前延伸，仿佛只有在这样一种随破随立的持续过程中，这件事才有可能存在。

在此，您的"解构"只会引发无数火灾，而其蔓延却是由您钟爱的那些哲学家、思想家、作家在其作品中传播的："瓦雷里提醒我们说，哲学是写下来的。"在柏拉图看来，书写既是"药"也是"毒"，是一种"药用之毒"，他认为"解构"是可疑的，而这种怀疑也被写了下来。

一切都被书写再次启动、再次追问。我们言说时，从未曾有什么能得以完全彻底地表述，以致不能再以其他方式重新表述一遍。因此，言说既是启示，也是进一步言说的承诺。解构正是在这一层面上才有所作为，它筹划和准备着这样一些时刻的到来：话语解裂，并由被其调解过的对立面中性化：

"因为无限本身已变为中性的断言所宣称的界限，而中性的断言始终在话语中言说，在另一边言说。"

所以说，您所有的书都在相互探讨，且背靠背地反思着您优先思考的那些案例。

您以无与伦比的严谨不断质疑着任何想当然的事物，您的作品以及作品中传递出的决心从一开始便赢得了我的尊重，在排除一切干扰、试图把握不可把握之事物的深刻探索中，您之所以赢得我们的敬意，正在于您全然接受了贯穿于您所有作品中的风险，从而让那些想弄清您究竟在说什么的人望而却步。确切地说，此种风险正是书在成败之际迫使我们在其演变、推论和放弃的各个阶段所要承担的那种风险。

从"书的最后一位哲学家和写作的第一位思想家"黑格尔开始，从胡塞尔①、尼采、弗洛伊德和那位既远且近的海德格尔开始，如果前行途中出现了马拉美、乔治·巴塔耶②和阿尔托③的身影，您停下脚步再自然不过；不过我倒是觉得，您不一定非要在乎扩大探索的领域，不一定非要急于记录和转录，以期早日实现闭环的渴望，而要更多地在乎增加追问中的那种不可测的深意；因为书写的问题的确产生于深渊，同时出现的还有"存在"的问题，此二者密不可分。

表面看上去，这一切俨然像在下棋，但当棋盘一片白时——例如，马拉美就遇到过此类境况——应该采取何种策略？当游戏的一切可能性都从游戏者身上被剥夺时，还能设想怎样游戏？在此，正是在这个点上，冒险开始了。

---

① 胡塞尔（Edmund Husserl, 1859—1938），奥地利—普鲁士哲学家、逻辑学家，犹太人，现象学的创始人，对20世纪的哲学曾产生重大影响。
② 乔治·巴塔耶（Georges Bataille, 1897—1962），法国作家。其作品涉及哲学、伦理学、神学和文学等多个领域，颇具反叛精神，被誉为"后现代的思想策源地之一"。
③ 阿尔托（Antonin Artaud, 1896—1948），法国戏剧理论家、演员、诗人，法国反戏剧理论的创始者。

白不是安憩的色彩。这一点您明白。您也如是说过。白之中有那么多纯贞的血。欲望与伤口、拥抱和战斗混同其间、沉沦其间。只要我们所依赖的纸页本身不是虚空,那张纸便无异于虚空的某种迷狂或惊恐之化身的"处女膜"或"耳膜",被笔所刺穿。欢愉或献身达到高潮的一刻,肉体行为仍在继续,而沉默从此将充溢着古怪而微妙的回声。

然而,由书写引发的某种反书写——禀其乖张的对立物或矛盾体与书写冲撞并断裂——企图在漫射泡沫涌浪之地称王称霸。但那儿早已有了海滩、沙地,一道日渐磨蚀的再生踪迹——不是别的,只是一个无解之问题的大胆印记。海滩淹没于大海"白色的血",那道踪迹浸在血里。抹除的不过是覆盖了、踏遍了足迹的沙滩上的一波波血浪。

梅洛-庞蒂① 写道:"在打破沉默的同时,话语得到了沉默可望而不可即的东西。"因此,书的问题正是从裂隙——死亡中的裂隙、死亡的裂隙——中,从那道让裂隙在显现之际便即死去的致命裂缝中诞生的。此乃对空无、对虚空的提问;此乃虚空——它四周环绕着神魂颠倒的话语——的提问,然而,词语纵然无能,却是问题的主宰。

海德格尔写道:"追问,意味着能够穷尽一生坚守。"对问题进行书写,对问题的书写加以质疑,提出的是更高的要求。它要求前往遥远的

---

① 梅洛-庞蒂(Maurice Merleau-Ponty, 1908—1961),法国哲学家。

彼岸，光的彼岸，生命的彼岸，直抵光和生命的本体；它要求直抵那些荒漠地带——难道荒漠不正是问题的尘埃么？——那地带因备受步步紧逼的讯问、隐遁的明澈思想、人的恣肆话语的折磨而成为死寂之地。

沙只回应沙，死亡只回应死亡。

您的"边缘"丧失了可靠的轮廓。您的"各种见解""正在传播中"。若希冀获得抚慰，意味着背您而去。您延烧着火焰边缘之物。很少有人——少之又少——能承受如此强度的写作生活。"完整的一生"的确不足以让大火平息。

您与一切压迫抗争，尤其是应书之所请而反抗一切对字母的压迫；因为字母或许就是一个偏离了起源的起源，这一偏离由于字母和某个所指扯上了关系，不得不承载起这个所指的重量。

于是乎，在"差异"一词中，其第七个字母就和字母表中的第一个字母隐秘、悄声地互换了①。这足以使某个文本变成另一个文本。

您曾多次解释过这个新词，它摧毁并创造了一个空间，在那儿，一切都相互对抗，并在相互开放给各自潜在的差异之际——也就是说，当一切在其文本的多元性中向与其恒久对立且统一之物开放之际——借"延宕"而自我消解。

---

① 指"差异"（différence）一词的第七个字母"e"换成字母表中的第一个字母"a"后就变成了另外一个词："延异"（différance）。

在此,"延异"①这个词就是"矿藏"(mine)的同义词。矿藏是画出踪迹的石墨棒。矿藏是地下的财富。矿藏是爆破音。

因此,"延异"创造的空间,既是留下踪迹的空间,也是埋葬法老的金字塔——"图形差异的金字塔式沉默""我们无法与之共鸣的墓葬",但已被我们闯入,被我们用炸药炸开,因而走进矿藏就意味着走进死亡,意味着为了带走墓葬里的财宝而走进字词的黑夜,也是"玩弄一个没有词语的词语、一个没有名字的名字"的空间,是一个盲目的、黑暗的、分娩出符号的缺席,"符号代表着缺席中的当下",在这个无非是一个时间之外的时间——即一个黄金时间②——在那儿,书写在运动中。

此外,"延异"一词会延宕在场——"在当下并未呈现出我们所指称的它自身时,我们便采用迂回的符号来表示它。我们会采用或制造出一个符号"。在此,"矿藏"一词又相当于希腊的一种硬币"米那"③,并且——为什么不呢?——这个词在法语中还表示宝库、相貌游戏、抽搐及其他一些意思。

作为"不完满、不简单的起源,由各种差异所构成和延宕的起源","延异"借从时间中分离自身而损害在场。在场的时间并非当下的时态,而是时间的偶然、期待和折磨,是投向时间的注意力,而其恶习则是书写。

---

① 延异(différance)一词是雅克·德里达自创的术语。在解构主义的理论体系中,"延异"居于非常重要的地位。所谓"延异",即延缓的踪迹,它与代表稳定的语言—思想对应关系的逻格斯中心主义针锋相对,代表着意义的不断消解。"延异"作为后现代理论的代表,典型地体现了后现代主义平面化、碎片化的理论倾向。
② 法语中,"时间之外"(hors-temps)和"黄金时间"(or-temps)读音相同。
③ 米那(mine),古希腊钱币名,折合100德拉克马。该词与"矿藏"一词写法相同。

在货币流通中，它又是一个简化版之符号的储藏和消耗的场域。

一个单一的字母可以包容整本书、整个宇宙。对书的阅读意味着在那些纸页中过度阅读一个将我们引向最远点的字母。因此，正是在我们拥抱自身之差异的距离中，在我们遭遇"延异"的循回和往复中，书将自身呈现为一部在纸页播扬的缺席中印制的书。被在场摒弃并解体的某种缺席之缺席。

目光分隔。一边，是火；另一边，也是火。那"火之黑"是夜晚之火，迎着白色的清晨大火。两场大火之间——间隔不过一瞬，火之婚庆的时间——浮现出一张熟悉的脸。书中词语发出的声响不过是火的爆燃声，动作变成了火焰的杂音。

> "哲学的话语总是在某个时刻迷失。也许那正是它自己迷路和被绕得迷路的一种必然。这也让我们想起了那个提醒我们的日渐卑微的低语：顺其自然。"

——莫里斯·布朗肖

——……顺墨水之自然。

翅膀与束缚

一

某些邂逅之重力。结局如此之重，
但承受又如此之轻，
如此之……

    （距离令弧线晕眩。可什么样的中心能有朝一日闭合其圆？）

……这一为逃避时间而付出的未来之努力。

"时间是无对象的记忆。可以说，迫使时间回忆，意味着让时间停滞。"

二

星

优先的——在受害者中同样存在优先密码。刽子手已进行了缜密的编排——

契合的,

不谐的,

失势的,

代理的,

受难的,

警觉的,

复活的,

降临的,为死亡所环绕,

——赤裸的——

(星星繁殖,但只有最金黄的颜色,那种发暗的黄色,无疑是鲜血而为,令视觉饱受摧残;过去，在西方的某些地方，曾强迫过麻风病人、犹太人和妓女佩戴黄星。而在 20 世纪那个黑暗的中叶，唯有因其不幸而更接近天堂的犹太人又重新将黄星佩戴在了自身显眼的部位。）

代价每一次都更为高昂，我们却不得不支付，以便将我们在书中灭绝的时辰再推迟片刻；这一阴暗但却强烈的意志旨在保留创造的威权行为，旨在幕后对行将写就之物和不会被再次书写之物产生影响。

无瑕疵的生与死的赌注难言胜算。

他说："如果对字母做些微调，那么'*tuer*'（杀）一词就包含在'*voir*'（看）、'*écouter*'（听）、'*parler*'（说）和'*écrire*'（写）这几个词当中。"

对造物主的谋杀是一场看不见的谋杀。
该层面上，远程杀人和近距离杀人同样容易。

神秘主义者为之痴狂的，或许就是在完美实施神圣的谋杀之后，在宇宙级的水平上充分享受其快感。

（何种虚空在吸引着我？在圣名和律法之后，在符号和灰烬之后，啊！所有虚空的虚空，我的声音?

……当眼睛变得可听,而声音变成洪亮的目光。)

在这种对"一切"的恐惧里——这种"一切"令云彩变得苍白——我绝望的声音无非是不竭的求救呼喊,谁能把我从这种对虚无末日般的恐惧——终极沉默之恐惧——中拯救出来?

……此即为何字母依旧是我们为驱走恐惧而必须一再克服的障碍。与死亡协调行动,意味着在这个有利的阶段内,在庇护之下书写。

死于声音,意味着死于视觉之话语。死于字母,意味着死于字词之视觉。

第一种情形里,眼睛是井中之火;而第二种情形里,眼睛是火之深井。

沙维系着它在别处熄灭的火。荒漠——它首先是欲望之荒凉的疆域——由成千上万生者和死者的眼睛构成。

有如燧石和燧石相互摩擦,造物主的白眼睛和人的灰眼睛在摩擦中迸发出火。

因了这团火,世界变为玩具。*游戏业已开场。*

眼睛之夜始终在勾引墨水。金子像赞美诗构成的一个星座藏在词语中。哦，死亡彼岸的歌。

他曾经写道："为书所弃，意识到自己在一切惯常之生与死的缺席中孤苦无助。这特别的缺席并非缺席，而是创世冗长的遗忘。"

（"我将欺骗死亡，而不会留下任何可能会腐烂的东西。"）

——贝尔纳·诺埃尔[①]
《最初的词语》（*Les premiers mots*）

---

① 贝尔纳·诺埃尔（Bernard Noël，1930—），法国诗人、作家、艺术评论家。

论恐惧

"今天，我很愿意就刚刚摆脱掉的某种状态做一个基本的解释：我恐惧。我从不觉得揭示这个真相是自己的义务，但每次我都更清楚地发现，我的脚步就是一个病人的脚步，至少是一个气喘吁吁、精疲力竭者的脚步。正是这种恐惧——或惊惧——在我所有的想法中作祟。

"造物主如果与理性无关，便会令人恐惧——帕斯卡[①]、克尔凯郭尔[②]。但如果他不再与理性有关，我便站在了造物主的缺席面前。而随着这一缺席与世界的最后一个方面融合——即世界不再有任何功利性，亦不再与任何来世的报应或惩罚有关——最终，问题依旧是：

"……恐惧……是的，是唯有思想的无限性才能触发的那种恐惧……恐惧，是的，可是，恐惧什么……？

[①] 帕斯卡（Blaise Pascal, 1623—1662），法国数学家、物理学家、哲学家和散文家，数学"帕斯卡定理"和物理学"帕斯卡定律"的发明者。后转向神学研究，从怀疑论出发，认为感性和理性知识皆不可靠，得出信仰高于一切的结论，该理论以"帕斯卡的深渊"著称。
[②] 克尔凯郭尔（Soren Aabye Kierkegaard, 1813—1855），丹麦哲学家、诗人，现代存在主义哲学的创始人，后现代主义的先驱，也是现代人本心理学的先驱。

"回应填满了宇宙,填满了我体内的宇宙:

"……显然是恐惧虚无。

"显然,如果这个世上令我恐惧的东西不受理性的约束,那我肯定会战栗。如果游戏的可能性不再吸引我,我也肯定战栗。"

——乔治·巴塔耶

《罪人》(*Le Coupable*)

他害怕墨水的黑色,这就是他写作的原因。

大多数作家如今无所畏惧。

论恐惧之二和之三

不受保护，即是风险。

字词总是横移一步，做着虚假的规避。

  （他说："令人眼花缭乱的行距！只要盯着写满字的纸页，就能发觉我们的路是一座座桥，从空间的一个点连接到另一个点；从某种充满许诺的缺席连接到另一种荒凉废弃的缺席。"）

犹太人生于恐惧，死于恐惧，但依旧书写。

  （他说："总之，恐惧造物主，就是恐惧圣书。"）

札记

他已抵达虚无，并对自己说，虚无或许就是不追问自身也不追问其他事物的那个东西。

他左顾右盼，却无所见，无所闻。

他不再自问在那儿做什么，也不再自问是如何且怎样迂回才抵达了那里。

他在倾听……

"真奇怪，那个声音，"她说。"有时我认为那是你的声音，可有时又觉得谁的也不是，结果那声音把你我二人全都抹除了。"

（声音曾是遁逃的猎物，被追赶得发出最虚弱的呻吟，执着的沉默。

他说："沉默或许只是六支扣下未投的矛[①]。第

[①] 法语中，"沉默"（silence）一词由七个字母组成，其读音与"六支矛"（six lances）相近。

七支根本没法用。"

沉默——天空之矛①。

显现出的,已在其未遂的罪行中得以证实,出于同样的原因,与将来有关的罪行也得以定义。杀人——自杀——的欲望是死亡激发出的一个古老的支配权之梦。

我们最后的气息是不是死亡——或生命——呼出的最后的词语,并永远成了我们的词语?
我们在一个词语中诞生并死去。)

使词语明白无误地在一个点上。
如果一个圆正是一个点的无边之幸福,该当如何?

"终点于你,无疑起点于我。你是不是被这个圆之幸福诱惑了?"

——莫里斯·布朗肖

《最后的人》

---

① 这是雅贝斯的一个文字游戏:他将"silence"(沉默)一词拆解为"ci[el]-lance"(天空之矛),二者读音相差无几。

如果一个圆仅仅是一个点的无限悲苦,该当如何?

"明白传言的必受惊恐。"

——《以赛亚书》28:19

"我和每个人一样寻求幸福,"他说,"幸福曾是我手里的一颗玛瑙蛋,没想到孵化前却变成了石头。"

(……下一步的恐惧
　——如此苍白的黎明。)

补充札记

我准备好回答基本问题了么:何谓书写?
"但这需要拥有回答的权力。谁会拥有?"

(意义?——或许就是方向①,从一个生成点到另一个生成点,再到其他多少个点?

倘若死亡尚未让我们丧失所有选择的自由,倘若它未把自己当作意义的主宰而凌驾于我们之上,我们本来是可以朝那个自发拒绝字母赋予的意义的方向前进的。

我前进的意义和方向以无意义和死路为对比。造物主即是无意义,是死路。

---

① 法语中,"sens"一词有"意义""方向""感觉"等多种含义。

条条写作之路都导向他。

死路即深渊。由此我们意识到，我们在看似空旷的页面上的书写行为，不过是让时间的话语在死路的黑夜中闪烁发光而已。）

……另一个维度，不也是字词为思想之对象和思想本身所保留的另一个目的地么？未抵达之前，这个目的地始终是未知的，但也就是在这一节点上，思想之对象和思想本身被赋予了另一个目的地，亦即被赋予了另一个维度，难道不是这样么？

论文本的恢复与保存

无论我们写什么，书写是不是总有无谓的开销？

以我自己的作品为例，我是在《问题之书》前三卷里找到"恢复"这一概念的。而在《·（埃尔，或最后之书）》①中——或更确切地说，在那个"·"里（那个点才是这一卷真正的题目，并将标题和书尽皆废弃）——人们何以对"保存"这一概念、对未经同意之文本和未经文本之同意的概念视而不见呢？

字母是词语的机会，正如它们也是被毁灭之字词的可辨认的踪迹。

一位我从未为其命名的拉比说过："你正从一只精心修复过的彩瓷杯中畅饮造物主的话语。但请注意，千万别让饮品沸腾，否则你会冒杯子烫炸的风险，并由此重新发现所有字母先天的伤口。"

---

① 《·（埃尔，或最后之书）》（·*El, ou le dernier livre*）是《问题之书》的第七卷（最后一卷）。

打碎一个词语，让每个词语在这个词语的裂痕中嬉戏，意味着抄近道抵达最近的点；但也意味着在与此奇妙的抄近道的无限融合中，从晕眩走向另一种晕眩，从空无走向另一种空无。书写的终极阶段或许就是要撤回书写，以便对之进行操作性否定。

（他曾经写道，我不太为"如何言说"发愁，却总是为"如何不说"发愁。）

*

（"你误以为的词语游戏其实不是简单的词语游戏。它是词语终结的意象。不是所有词语都死于同一种死亡。"

"我注意到大多数词语庇护着无数其他词语，它们借恶行和善行与这些词语发生关系，我觉得区分这些恶行和善行很有趣。"

他曾在最近的一封信中写道："另外，字词像我们一样活在封闭的宇宙里，它们从四面八方沿着熟知的最佳路线穿行。探索这些形形色色的道路同样令人激动，因为它们早已被死亡设计就绪。"）

游戏的状态
——论米歇尔·莱里斯①

"和其他人相比,我总觉得不用代词'我'表达自己很不舒服;这并不是说必须把它看作一个特别的符号以强调我的自尊,但对我来说,'我'这个词概括了世界的构成。"

——米歇尔·莱里斯

《极光》(*Aurora*)

"让那只跌出鸟巢之鸟赤裸而尖叫的世界与语言冒险的魔幻世界相结合,这是我早先清清楚楚写下的最后一段话,现在看来那已是个遥远的年代了;

---

① 米歇尔·莱里斯(Michel Leiris,1901—1990),法国作家、诗人、人种学家和艺术评论家。

当时，我在同一张纸上先是写道，我相信有必要让词语间虚浮的游戏同某种至关重要的东西相结合；随后又表达了自己的愿望，希望从这种对待词语的态度中获得一种更为紧凑的生活方式和生活准则。这种反思明确地肯定了某种现实主义，但也同样明确地让道德服从于诗歌，因为正是在对待词语的态度上，我意欲同时找到某种行事方法和某种更为丰富的生命之源。道德＝游戏规则，也就是说，没有了游戏规则，也就没有了游戏……"

——米歇尔·莱里斯

《根毛》(*Fibrilles*)

"从他到我们，其间发生过一次迁移，那持续不断的声音可以借此次迁移变为我们自己的声音，我们还可以挟一丝余勇，将无情的目光投向自身，与此同时，作者对生活中的受害者抱有的仁厚宅心变成了某种对受害状态的无条件拒绝。"

——莫里斯·纳多

《米歇尔·莱里斯与化圆为方》

(*Michel Leiris et la quadrature du cercle*)

"斗牛提供了一个悲剧艺术的例子，斗牛中，躲闪腾挪之际也有重大伤害的可能；从斗牛我们谈到性欲行为，那里发生的一切实质上亦有着类似的伤害——性欲冲动中的某种撕裂之满足，其重要作用其实不比在爱的行为中来得更清晰——如果说这是确凿无疑的话。"

——米歇尔·莱里斯

《斗牛宝鉴》(*Miroir de la tauromachie*)

一

与创伤相配。

与过分的游戏相配

其中的"我"① 有如脊刺。

一具躯体。

到处,一具同样的躯体

被鞭挞,

被毁伤,

被杀戮。

到处,一具唯一的躯体

——……歌声的?

……肉体的?

……神经的?

---

① 法语中,"游戏"(jeu)一词中有"je",其意为"我"。

……墨水的？——
无政府状态。

　　　　　　　（书中
　　　　　　　字符的躯体
　　　　　　　和世界上
　　　　　　　人的躯体。
　　　　　　　被废止的边界。）

孩子的躯体，
成人的躯体。
抵达成年，
跨越躯体。

　　　　　　　（一个为了灵魂的女人，
　　　　　　　一个为了已死之灵魂的
　　　　　　　死去的女人。
　　　　　　　哦，穷途末路的孤独。）

遍体鳞伤的躯体
超出了
致命的程度。
而血呢？

不再流动的血是什么?

——或许,是颜色太多。

这颜色被白昼言说。

这颜色萦绕着黑夜。

    (一个女人的文本。

     一个灵魂的文本。

      书写于躯体上的宇宙。)

……"我"这一令人心碎的缺席,"我"之在场重构了脸,

  重构了生命,

  重构了抹除自己的

  年龄。

书以此行为

自我剥夺。

      *

一旦找到钥匙,便可打开所有大门,

当然,除了自己的门。

这是钥匙的本性。

——它就是钥匙。

钥匙的本义既是词语也是遗忘。

一个被遗忘的词语刮擦得最深。遗忘无边界。

他记得一切。他写下能记得起的一切，但只要忘掉一个词语——或数个词语——便会扩大鸿沟。

最终，一部写就的书留下的无非是个大洞，

沉睡者的眼睑覆盖着同样阴暗的洞穴。

缄默的词语便是杀人的词语。

（从深渊中伸出的手还在试图书写。可怎么写？用什么笔，还是用哪种适合书写的尖状物？在什么上面书写？是写在虚空勾勒出的空气正方形上么？）

什么？——未来的词语，被缠扰的未来：合法之未来的垂死之往昔提出的问题。

精确

意味着抹除。

如此精确。

就此消失。

既然藏无所藏，

索性再深藏一些。

——并且不止一些。

沉默不在首尾。在首尾之间。
重轭之下，
话语背弃话语。
为不再存在而辛苦劳作。

话语无存之地，他疯狂翻找一句话语。
无尽的忏悔化为眩晕和黑洞，
当所有的光熄灭，
又化作
复仇之犄角留下的创伤。

从创伤到创伤。

二

没有光晕的斗兽场。
以两支笔——两只被征服的犄角
为笔书写,
两本书——同一本?——
一本可见,另一本不可见。
极端之书。居中之书。

竞斗开始。
角力的游戏。
皮层
撕扯的游戏。
残酷的赤裸。

木材强索木材。
声音失去控制。

投火者无救援。

给死亡一个名字绝无可能。

三

律法如枝形吊灯。
此镜廊乃游戏的好去处,
——关于"我"的游戏。
茅草之宫
阴燃的火。

书每天都在褪色,
它们在梦中写成。
旮旯藏着惊喜,
危险亦复如是。

(狂怒的公牛跃出地平线,一头刺穿空间。
白昼置身屏障后,身披星光的外套。
除却空无,绝无完全的自由。)

一处创伤足以鞠育天空裂开的道道创伤。

黑暗中的公牛直勾勾地紧盯这道伤口。

于是，为了吞下它，黑夜这个有魔力的字词向背叛的那颗星扑去，向心扑去。

白昼随首个大胆的词语一同死去。

——如此说来，在这些造假的小径上，面对着虚构的湖泊，言说意味着什么？在这些泥淖的背景里，在这个充斥语言和裂隙的地狱中，言说有什么真正的意义？

沉默是伤口上的凝血。

*

他在言说，而他的话语追随着他的步履；

他揭示自己，指控自己，解释自己，

他致力于不能发展之物，

他以自己为鹄的，

射向靶心。

米歇尔·莱里斯是谁？

我们随意射击。

那里，那里，那里，很快，深渊会向我们重新开启。

规则严格，最终至简。

脚抵起跑线。

面对场内。

在尖叫声中双足跃起。

记录如下各点：消失之点、偶然之点、暴力之点、苦恼之点。

在此精准时刻，我们全无束缚；

除了所有目光，

所有耐心，

所有承诺。

我们讲述

并一再讲述

一个关于鼠类的故事。

    （这些细枝末节。

    专注而严谨的记忆。

    书的分量。）

证据从不来自字词，

而由忠诚的纸页提供，

由空间提供

——空间，您知道的，就是我们日夜恐惧的那个空间。

这是他的肖像，

而当他写作时，
他变形了。

　　　　　　（超载的宇宙。
　　　　　　如此沉重的负担。）

海岸。自杀。
没有不散的白昼。

四

无夜之夜

被斩首者即位。

寒热病的雕像。

条件是永不将孤独

一劈两半。

让习惯

与圆满结合。

盟约之石!

最后的夜,谁将托举起最后的夜?

四周,环绕着未平息的缺席,

形式对等;

手塑造着欲望。

雕像莫非只是从沉迷之远方传来的一阵冷战?

额头抵着额头。
脚下可怜的狗牌。
荒凉的海滨。

多远,告诉我,在数小时不等的时间里,狂暴的海浪肆虐了多远?

堕落的
众大陆
枯萎成尘。

死态各异的贝壳,我们的词语。

拥有沙的耳朵,分享卵石的荣光。
光滑得让人误解,脱去周遭的黑夜。

极光!极光!
契约
与死亡
不可分离的清晨。

"极光!极光!纯净的脸胜过火花或荒漠探测器的回响,正是你那美妙的火舌加快了太阳流浪的脚步,正是你那银色的裙袍和烈焰般的秀发，正是你那有如粉红火山口飞溅出智慧岩屑夹杂着急速疯狂话语的嘴，正是你那长着奇异而熠熠生辉的野兽指甲的冰凉而坚实的手，与这颗空余一簇金发的头颅丝丝入扣。"

——米歇尔·莱里斯

《极光》

五

"痛苦之钢

危险之红"

——米歇尔·莱里斯

《癫痫》(Haut Mal)

(一个时间。

它足够捕获

这个时间,

这个时间之外的

同谋。

躯体明亮。)

爱的奇迹

哦,女人为繁衍

而伸展。

而实现。而挣扎。

出于某个黑夜

或另有他夜；

出于沉默

或盛宴。

躯体在指挥。

死亡不耐烦，

因一切死亡皆是爱。

以符号的吉祥之夜

在展开的夜之纸上签名。

癫痫，过去，一度

诗有其自身的太阳：

这个太阳……

六

（删除
劳什子
根毛

一线纤光
在东方，
如一条新线。
一根弓弦。）

七

(远面斜坡①：中性。)

---

① 法语中，斜坡（pente）又有"爱好""倾向"之义。

绝对者
——论莫里斯·布朗肖

中性,从某种意义上说,是绳结的勇气。

绳结反抗绳索生硬的压力。纯粹的反抗。主动的冷漠。

绝对并非中性的另一种形式,但毋宁说是超越了所有形式的中性。它站到了那位至尊者[①]一边,陷阱。

解开中性之结,将孤独的边界延伸至无限。

一部绝对的书外之书。

[①] 至尊者(Le Très-Haut),指造物主。

"带着怎样的忧郁、怎样平静的确信,他感到'我'字再难出口。"

——莫里斯·布朗肖

《期待·遗忘》(*L'attente L'oubli*)

绝对的在场,即是绝对的不在场。周遭,永远是同样的虚空。

"非在场的,非不在场的,都以同样的方式诱惑着我们,仿佛我们能遭遇的都只是我们不存在时才可能遇到的情形:除非——除非在边界上。假设这种情形存在,即被称为'极端'。"

——莫里斯·布朗肖

《来世的脚步》(*Le pas au-delà*)

"人类在绝对的特异性中寻求自我。"

——埃马纽埃尔·列维纳斯

《他人的人文主义》之四：存在的特异性

（Hymanisme de l'autre home. IV.

L'étrangeté de l'être）

超越一切海洋的绝对的海洋。
韵律——仪式——承载着我。
书写无忌。

没有能让我们变位的时态。
苍白中没有双鬓能再变白。

"为逃避责任之物担保。"

——莫里斯·布朗肖

《来世的脚步》

绝对之苦涩的二重性。面对条件的冲突，黑夜祭献了一颗小星，大海则祭献了一小捧盐。

"像书写问题般书写，问题承载着承载问题的书写，使你和存在之间不能再维持同一种联系——这种联系被认为是传统、秩序、确信和真实，是任何可能生根的形式——是你自往昔世界里承继下来的，是你曾被唤去统治的领域，旨在强化你的'自我'，尽管后者自蓝天向虚空开放之日起便有了裂罅。"

——莫里斯·布朗肖

《来世的脚步》

你会试着和绝对者搭话，那儿的语境中，"生命"用的是动词"去生"，而"死亡"用的是动词"去死"；那儿的语境中，所有运动、所有行为、所有沉默、流动和静止、呼吸和窒息，均只是一个动词不定式采取的无谓、极端、无限的方法；就像在任何一个不受制约的词语、名字、绳结、不可食的杏仁上发生的情形一样。

哦，曾几何时，受邀的门槛竟不知不觉变成了禁入的门槛。

"一束光仍从词语间析出。"

——莫里斯·布朗肖

《期待·遗忘》

我们试图将无限度的动词和时间纳入我们有限度的大胆之书,纳入朦胧的碎片,但这肯定白费力气。

一

（心愿，海浪，风帆。

纯粹的否定。

专制的永恒。）

我们受制于书，毋宁说受制于想成为书而永远也不能成其为书之物。

"一个故事？不，没有故事，再不会有。"故事在于让其讲，准其来。

没有任何故事发生。在这儿，故事本无立足之处。

你们的故事在说书的途中走岔了道，仅在最后一些可记、可闻的时刻变成了话语的纯然发现。

线性、脆弱、隐伏的书写。不设防的明澈。拿捏恰到好处。何等洞彻的教诲！何等迷人的镜鉴！某些方面，它言之凿凿，但那只是表象，正如透明亦为表象。

如何言说束缚我们之物？——或许我要论及流亡，那是中心，是油斑。

最是书写不自由。

生命的另一边，黑夜的另一边：书。

（这种对死亡的追问，难道可以通过书的调停、通过得以救赎的片刻且由书写提议为得以救赎的片刻而好生将息么？书写让我们产生幻觉，以为拯救在即，但火难救火，寒不祛寒，却反令火与寒长存。）

我们也受制于沉默。枯井的倨傲。沙与沙冗长的私语。

我们受制于符号白色性质中的白色，而符号的黑色在白之极点方可辨识。

我们受制于非思想边缘饱受煎熬的思想，受制于不可能的言说与被言说。

我们受制于长达数世纪的焦虑，而那缕微光前汇聚起了我们男性的能量：异见。

（我在《问题之书》中邂逅的一位哲人在给我的信中这样写道："水井，不就是墨水瓶么？

"朋友，别把笔蘸得太久；你会随它沉沦，因为你的笔中有你的躯体；

"可这口变枯的水井发出的死亡恐吓该有多惊悚啊!")

我们受制于我作品中哲人的名言,受制于他们离开本书后的余绪。

(……异见,难道不也是世间的滔滔话语和从中撷选出的话语之间的距离么?不也是必用文字和声音方能打破的空间么?其论说总以静音的雄辩令我们豁然开朗,而这种雄辩不也是只有在边缘的沉默和应允的海滩才能捕捉到么?不也是沙到海的距离,天到地的距离,与自然俱生?不也是我们应享有的呼吸、移动、超越期望、超越遗忘而自我表达之间的距离么?

萨拉①曾经说过:"我未闻其词语,也未见其唇动。但我知道他们在言说。他们要告诉对方的一切都在其爱慕的眼神中表达得一清二楚。"

情人的话语酿于难言的沉默。
我们受制于情人、殉道者和死者的巨大沉默。)

---

① 萨拉(Sarah),《问题之书》中的人物。

锚地与故事：两道屏障勾勒出其轮廓。两道粗大的标识。起点与终点。于是我们可以安然泊下我们的一叶扁舟；但如果这道屏障如丝，如气，如烟，哪一位来此避险的船夫或读者会放心自家的家什呢？
　　远航无始亦无终。作家，水手，风马牛不相及。

　　让人难以认可的船籍港。

　　所有的书都在回应那唯一一个追问。

　　这故事在几个层面上铺陈，埋下深浅不一的伏笔；因此，说出来的——其实从未和盘托出，与感知到的——其实从未全部感知——之间便有了这道鸿沟；在这种期待、遗忘、复得、复失的跌宕当中，文本得以写就。

　　　　有谁能从这种书写中去预言最近的未来，又有谁能从阅读中拟定笔录？

　　（我凝视优雅、透明的鱼儿在岩石间不同的水层游动。霎时它们又聚拢在同一水层。这，我想，亦是那些融洽时刻书写出的语句的构成方式，在那儿，词语挨着词语，为同一偶然的命运排成一列，与此同时，死亡包围了大海。）

二

　　一部不可还原的作品。它难道不清楚那翘首以盼的回归对我们而言即是《向书回归》①？

　　——回归唇的阅读。所有东西一经诵念，便算是阅读了。

　　总有为书的问世而铺垫的书。——本书随之而来。

　　一部在其锐意更新中绝对而又不可反复言说的作品。

　　一部不可再生的作品，却承露而含苞待放；

　　但时间在此并非成败的因素。

　　哦，杀死上千只手，杀死上千个翌日。

　　纵然万物背弃光，太阳也照常升起。

　　一部不可还原云彩、蜃景、信息、习惯、选举、灾害……的作品。

---

① 《向书回归》(*Retour au Livre*) 是《问题之书》的第三卷。

如何言说束缚我们之物？

死亡为我们减轻了负荷。

距离令宇宙

陷入迷雾。

虚无让我们与虚无相互争斗。

在这水塘里，

时光遥不可及

而现时

停滞。

屏障挡不住水，只能挡住我们的通道。

  （我们能否因重复而痊愈？但重复却会令书失效。

  没有了书，便阻隔了一切词语，啊！我们最终会死在未经勘测、连一个征兆或一丝声响都没有的荒漠边缘么？会死在炸裂的欲望禁地么？）

三

一条线

纤细如斯。

那边,

这边,

俱为深渊。

切削山岩:沉闷、平行的切口。

隧道本身。

岩石本身。

"Élodée"或"Hélodée"(伊乐藻)①,一种新大陆的水生植物,繁殖极为迅速。

---

① 伊乐藻(Élodée 或 Hélodée),俗称水草,原产于美洲,是一种优质、速生、高产的沉水植物,其营养丰富,可净化水质,防止水体富营养化,有助于营造良好的水质环境。该词有加"h"或不加"h"两种写法,故雅贝斯在后面有"将字母'H'还给这个词"之说。

死亡控制了水塘。

将水还给水。

　　　　（将字母"H"还给这个词，
　　　　将斧头还给解放者。
　　　　选择上佳的拼写法。）

最初的细胞。在干细胞的两极之间，虚无根本的体验。

那边的白。
页面
在这所有的白之后。

　　　　（"……但真实的体验会还原为荒诞的命题：
　　　　我不该在场，所以我必须在场。"）

　　　　　　　　　——皮埃尔·克罗索夫斯基[①]

　　　　　　　　　《狄安娜之浴》(*Le bain de Diane*)

从矿井宣称的伤口，到水底匿名的书写。

[①] 皮埃尔·克罗索夫斯基（Pierre Klossowski, 1905—2001），法国作家、哲学家、评论家、画家、翻译家、电影导演和演员。

*

"条件理论：（神学）专属造物主的知识，指在某种环境、某种条件下可能出现却并未出现的状态。"

——《利特雷词典》[①]

没有绝对者的理论，
　　　　只有
　　　某种试验，它

关乎视觉
——介于看与说，

关乎遗忘
——介于说与做，

关乎沉默
——介于夜与血。

[①] 《利特雷词典》(*Le Littré*)，即《法语词典》(*Dictionnaire de la langue française*)，由法国词典学家、哲学家埃米尔·利特雷（Emile Maximilien Paul Littré，1801—1881）编纂，故以《利特雷词典》著称于世。

*

首先，一种伟大的自由：不屈从于现实，只服膺某种绝对的真实。
特立独行的绝对自由。

一道谜，犹如一个点。
总是在书的结尾。

一团绝对之火，
一种谬误，
一个事实——我们存在么？

他要对抗的死后的生活无中生有地变成了他自己的死后的生活：

   （悬置的生活

    蛇行于

     虚空。）

所有在场都是相对的。唯有无限的缺席才是绝对的。

大海的声音证明着声音的存在还是证明着大海的存在？
那天空的沉默呢？

依赖于言说，
依赖于呼号。

    （伊乐藻，充沛的话语。从存在到存在的艰难航行。

    这些地方没有植物，从未听说过果实，茫茫无尽，极度荒缺。）

不和谐的大海。和谐封存于白昼之外。

无限只能由无限的术语定义。

死亡靠虚空而活。垂死，某种意义上意味着活于虚空。

走出字词，以便让它能在空无中书写我们。
所以说，书写意味着在宣告有罪的词语中保持出口畅通。

终于要
脱离行列？漂泊。

揭示出的踪迹证明了我们的德行。

*

　　绝对者能在无法言说中言说，借无法思想而思想。

绝对充满活力。
异乡人。

　　（他借什么条件存在？是在场么？——但如果在场本身即是不在场呢？是书么？——但说到底，如果书仅仅是在以词语表达自己的希望，该当如何？时间、呼吸、步态、问题？但如果这些悉数令我们不快地被永恒、宇宙、徘徊、断言所否定，又当如何？

　　那就应当转而从太阳、太阳运行的法则、眼睛、无垠的日与夜和我们繁杂无序且琐碎的知识中去寻求答案……）

这种知识不属于我们。
我们无法知晓。
知识与知晓割裂，
知识在知晓中翻滚。

冷漠的思想透出高高在上的淡然。

知识最高层面的惯性。

沙粒混入沙中，只能因沙而存在。

在此，盲目意味着洞察一切。

毒品供应者
——作为偷窥者①——
滚开。

在此，盲目意味着清醒。

知识是权力的极度贫乏。

哦，冷漠的平淡，哦，死去的大海。

有朝一日，同样的一日，被某个瞬间的书写伤害。

若明天断然拒绝改变，该当如何？

兼容。

行为、功能的

不兼容。

---

① 此处是雅贝斯的一个文字游戏，他将"pourvoyeur"（供应者）一词拆解为"pour voyeur"，其意就变成了"作为偷窥者"。

有时是一个词,一只鹰。

黑夜紧紧攫住节庆的布景。

白昼是虚无的场域。

脸对着脸。

纸页连着纸页。

*

他们将聚光灯聚焦在话语的性感上,但真正出彩的却是沉默的性感。

(于凯尔[①]曾经写道:"最性感的时刻是沉默的白垩时刻。"

"快感,那可是混合着汗液的一波波起泡的精液。"雅埃尔[②]过去曾这样说过,"难忘的夜晚,你以精液在我闪亮的躯体那美丽湿润的纸页上书写"。随后,她又梦呓般地说道:"快感,黏合石块的砂浆。")

害怕爱,就是害怕白昼。

---

① 于凯尔(Yukel),《问题之书》中的人物。
② 雅埃尔(Yaël),《问题之书》中的人物。

萨拉曾经写道："全部的爱长存于生命后的沉默。我的爱就始于这种沉默。"

那只手知道，它终有一天会舞动起末日审判那张羊皮纸。
若你们拒绝审判，就把所有的手剁掉吧。

这一法则即是书的法则，但对这一法则的应用何其滥啊。
唾弃吧！

四

"领主永久管业权（*Mainmortable*）：指领主永久管业土地上受条件制约的人。古老的法律术语。适用于犹太人，其财产只能遗赠给直系后代，而当其死亡又无子嗣时，财产便由领主继承。

"在法国，领主永久管业土地上的犹太人是农奴。

"在弗朗什–孔泰①，只要一个自由人在领主永久管业土地的房子里居住超过一年零一天，即成为奴隶。"

——《利特雷词典》

书，是永久管业土地上的房子吗？我们家里的厚厚四壁变成了什么？

从此，

既无房顶也无四壁。

---

① 弗朗什–孔泰（Franche-Comté），法国东部大区名，与瑞士接壤。

农奴,书中的犹太人。既然我住在一个不属于任何人的词语里,那个进入我房子的人又怎能知道房子属于我?可是,由于我的过失,他成了奴隶。

甚至连我的孩子都不能从我的遗赠中获益。我付出了所有,而这个所有却只是无尽之乌有的残灰。

我们雕琢石头,有如雕琢自己的死亡。

希望更尊严、更体面地死去反而会遭遇阻力。

此时,死亡将我们置于其桎梏之下,以其倨傲挑衅未来。

书,我们曾选择居住在这所房子里么?

你曾说过:"作家和读者俱在书中,可二者皆奄奄一息。"

受书支配的世袭农奴。

死刑,首个字词一经读出,便是无情的判决。

镜子误导知识。

*

那事件会发生。可，那事件存在么？

事件之前会有白色的空间，事件之后也会有白色的空间，可有谁能把它们区别开呢？

因此，那事件或许只是白色的空间在书的无限空间里意外的碎裂。

最坏的蛊惑：不可见之物。

（喋喋不休时你身在何方？在地球和心灵的哪个得天独厚的点上？

……而当你不说话的时候呢？……而当别人对你说话的时候呢？）

没人听到这噪声。我听到了。没人看到这肌肤下涌动的殷红液体。我看到了。我喝了下去。

听觉，视觉。哦，难解的干渴。

很快，我将因喝光我的血而死；我将因看到自己和听到自己而毁灭；

因为我全部的血都是墨水。墨水就是我的血。

我的躯体始于何处？我躯体那有案可稽、清晰明了的冒险诞生于哪个隐秘、幽暗的场域？

我就这么躺着，一时间，我以为永远都不会停止生长。

这一刻已经来临，我们甚至失去了末日的支柱。

于凯尔说过："这儿不可能有书。若书果真存在，它就不会再纠缠我们。存在的只有对书的痴想。每本写就的书都是为了让我们摆脱对书的痴想而付出的努力。"

造物主仅仅是一个分隔开的符号、一个有音无意的字词么？

啊，将文本还原为一个词语。将纸页提交给这个唯一、透明的字词。

*

界限的（无）界限。他（不）"限定"任何界限①。

"书写中，你令虚无处于'无界限'状态，于是恐惧再无限度。"于凯尔曾在笔记中如此写道。

造物主会成为我的恐惧么？正如他可以成为无限度的恶么？

恐惧。所有字词都在这个令人恐惧的字词中颤抖。

---

① 这是雅贝斯的一个文字游戏。他在名词"limité"（界限）前的括号中加上大写的前缀"Il"，既表示造物主，又表示否定，使"界限"的词义变为了"（无）界限"；同时他又在后面的动词"limiter"（限定）前写上大写的"Il"，既意指造物主的"他"，又使"限定"的词义变为了"（不）限定"；故雅贝斯在后面说："造物主会成为我的恐惧么？正如他可以成为无限度的恶么？"

我们无法忍受非思想，因而躲入思想深处，对思想而言，非思想仿佛是异乡人。

在此，危险依旧是虚空，是非思想。
潜在的冒险。——我还能写出对冒险无意识的和亢奋的期待么？
词语在极度黑暗中努力。

……对无限的期待投以无限的关注。

（远些，更远些。距离是期待的摇篮。）

一只空气贝壳身上条纹斑斓的无限。
空气意味着征服无限。
四下里被自私的海裹挟；那海既无盐，又无水；有的只是腐烂的藻花、思想的遗骸。

愿我之思永如空气。

天上的肥料，星辰为其中的颗粒，哦，宁静之星座的智慧。

五

"知晓本身足以让我们误入歧途。我们接触知识,仿佛只是为了明白哪些是我们不愿知晓的东西。"

——莫里斯·布朗肖

"中途止步,可能意味着选中一条路而放弃另外一条。我继续前行,忐忑犹豫。我现在就很清楚,前途是不会留下踪迹的。"

"然而,你会死于途中。"

"无路可走时,何谓死亡?"

"或许是期待,或许也是路的遗忘。难言而又怪诞的漂泊之夜。"

（抹去那名字时，造物主令道路倍增。

那被选中的民族于是成了流浪的民族。

数百万个无名的名字掩埋了那个名字。）

六

"若白色是呼号,我们有理由认为痛苦仅仅是对白色的体验阶段。"

"焚尸炉并非他们唯一的罪行,但肯定是在那名字深渊般的缺席中、在光天化日之下最卑劣的罪行。"

"不是此时,不是 20 世纪,却是永恒的祭献。"

"在白热中,在争端中,你将爱,正如他们被恨。"

(即使最谦卑的提问也显得过度自负。

我们将弃问题而去。

没有手势,没有声音,我们将顺从地进入那个难解的、映射着死亡之白的迷宫。)

七

愿一切化为空白，让一切降生。

（白，是低语。

白，是花瓣。

白，是启程。

白，是抹除。）

白之中竟有如许层次！液体的白，粉末的白。

白之中竟有如许色差！从山巅的冰雪之白到留有他的名字的纸页的温暖之白。

草语 ①

日复一日，我的书写表现为毫不留情地薅去入侵田地的杂草和根茎，而后拒绝借烧荒施肥而保墒。

那种死亡里绝无"生还"，唯有某种执拗的"死还"。

质疑花园，意味着质疑讨好嗅觉和视觉之物。
荒漠中没有芬芳，没有喜悦，只有被劫掠而来的永恒那辛辣的气息，只有对荣耀之形式的恶感，对眼睛的控诉。
生命任一瞬间都有自己的气息。脱离肉身，生

---

① 草语（V'herbe）一词为雅贝斯自创的术语，由名词"herbe"（草）一词前加大写的字母"V'"组成，读音一如"语言"（verbe），以此暗喻语言与自然界和生命之间的关系。该词在汉语中找不到对应字，姑暂译为"草语"。

命便了无遗臭。

"腐肉的恶臭即生死之界,"他说,"没有其他什么分界线。幸亏空无消除了所有气味。但谁会在转瞬间闪过如下念头:空无是青草内心命定的希望?"

希望被剥夺之地,书写不辍是否意味着希望?
你不抱什么期待,却仍在书写。

我直接俯向根系书写,被水所抛弃的大地之呼号灼伤。
我在曾为绿色的根之尘埃中书写,在曾为黑色的词语尘埃中书写,
在如今已变为灰色的石头
和岁月的尘埃中书写。

"所有字词都是灰色的。"他说,"时光之书都是灰色的。"

以书写抖落掉尘埃。在山巅书写。

(你从未在意过尘埃,但它却是被废止之时间的界限。

你在尘埃中最后一次书写,因为你无法在词语中解放自己。你依旧在自己的极限内逡巡。

　　　　　你在死亡的园子里劳作，但你拒绝死得如此之早。）

以前，那个圆为你独有。
以前，那个点为你独有。
但在何时？

尘埃！空气传播着它自身的窒息。
命运的每一颗粒都选择了自己的祭品。

内，还是外？或许，是灰烬的两种色彩。

他说："尘埃即本源。
"我只应以尘埃书写，因为词语并不存在，只有失传之字符的尘埃，我们用它构成了字母表。"

　　　　　（它的气味——昨天的，还是明天的？——让我觉得很是熟悉。
　　　　　我守候着终无一避的沉沦时刻，
　　　　　直达空气的浑浊深处，
　　　　　双肺充塞着那种气味。）

关于开端，除了既不期待任何
帮助、也不期待任何奇迹之外，
我还能教给你什么更多的东西？

所有这些尘埃不仅和我们不离不弃，
反而随着时间越来越厚，越来越厚……

世界由尘埃塑造，世界怕风。

  （一个世纪接着一个世纪，它们跟随着自身的进程，直到我们的目光望向死亡，才看到它们的躯体——哦，最后之结合的辉煌——永久地化作钻石之尘埃。

  他又接着说道："而遗忘将把你永生永世化作石头和石头的尘埃。"）

绝对的死亡

一

死亡意味着结盟。

"……可在这里,我们抵达了那个点。在那儿,真正的存在被其终结完全封闭并定义。在那儿,意识作为其自身的主宰,尽情地摧毁了一切逃逸和伪善的可能。它被还原为自身,遮掩它的所有偶然和华而不实之物被一扫而光,内在的意愿集结起来,在迫近的死亡中焕发出光彩。它以死亡为盟友,仿佛只有在某个空无的境域、在主人公融入黑暗前让位于黑暗的那个短暂时刻,它才能在我们的注视下将自身揭示出来。因为再也没有了通往未来的出口——这就意味着再也没有了'在他处思考'的方法——于是,'存在'就在此地和当下十全十美的圆满中安家落户。它增强并巩固了自己的全部权力，从此再也没有什么东西能从它那儿把这权力夺走。"

——让·斯塔罗宾斯基①

《蒙田与谎言的揭示》

(*Montaigne et la dénonciation du mensonge*)

原载《方言》(*Dialectica*)

1968年第22期

---

① 让·斯塔罗宾斯基（Jean Starobinski，1920—2019），瑞士思想史学者、文学理论家、医生，日内瓦大学荣誉教授，日内瓦学派的著名批评家之一。

恋人

	我在此进行比较阅读：
"在这个点上，沿着一条通向死亡之绝对的渐进曲线，献身转化为祭献。只为爱人而活，意味着很快变成了只有借爱人而活，变成了不再为自己而活，不再通过自己而活。这一重大的解放反而为我们的生命赋予了一种奇迹般的轻松、喜悦和无畏。 "……激情的恋人……如此便成了一个活死人，靠她乞求的某种人为的呼吸维持生命——一个潜在地死去的女人，其生命的分分秒秒如今都要依赖于她的爱人。表达这一状态的方式就是不停地（以一种最无策略的方式）唠叨说，如果她的爱人离她而去，她就会死掉。这无异于宣称	"在这个点上，沿着一条通向死亡之绝对的渐进曲线，献身转化为祭献。只为（书）而活，意味着很快变成了只有借（书）而活，变成了不再为自己而活，不再通过自己而活。这一重大的解放反而为我们的生命赋予了一种奇迹般的轻松、喜悦和无畏。 "……如此，（作家）便成了一个活死人，靠他乞求的某种人为的呼吸维持生命——一个潜在地死去的人，其生命的分分秒秒如今都依赖于（书）。表达这一状态的方式就是不停地（以一种最无策略的方式）唠叨说，如果（书）离他而去，他就会死掉。这无异于宣称他的生命是从它那

她的生命是从她的爱人那里得来的一件有条件的礼物……

"他的背叛，哪怕仅仅一次寻花问柳，都等于把这个托付了身家的女人判了死刑。因此，在极端的献身行为中，祭献和自杀均有可能，但我们同样怀疑这也是占有欲和贪欲的终极武器。斯塔尔夫人[①]及其女主人公们设法将其面对的空无变成了讨价还价的小小筹码，使她们得以保全整个生命。"

——让·斯塔罗宾斯基
《斯塔尔夫人作品中的自杀与忧郁》(*Suicide et mélancolie chez Mme de Staël*)

里得来的一件有条件的礼物……它的背叛，哪怕仅仅一次心不在焉，都等于把这个向书托付终身的人判了死刑。因此，在极端的献身行为中，祭献和自杀均有可能，但我们同样怀疑这也是占有欲和贪欲的终极武器。（作家）设法将其面对的空无变成了讨价还价的小小筹码，使他得以保全整部作品。"

[①] 斯塔尔夫人（Mme De Staël, 1766—1817），法国小说家、评论家，法国浪漫主义文学前驱。

二

萨拉致于凯尔的信

我要死了,于凯尔,我必须死,死在这本我们来不及写完的书中。

我为这部未完成的书而死在自己心里。

眼下还有多少纸页没碰过啊!

但它们是否还像我们想象的那样,没有皱褶,空空如也?

在纸页深处,在纸页表面,这本书仿佛一只不悦之手的影子;如此沉重,如此冰冷,在书桌边缘像是已经没有了生命。

这只手,在我身体一侧何等沉重!这颗心,在我湿润的手心何等沉重!

这本书理应是我们的。我以为它会是我们的。我希望如此。这想法显然有些疯狂。什么生命能独占这本书呢?或许,死亡可以。那么,迄今为止,所有这些未经验证的纸页都有可能屈从于越来越多的、无人能在死期内读到的词语。

一本在某个无界之爱的终点、不为任何人而写的书。

明天依旧是破译这本书的另一个时刻。

于凯尔致萨拉的信

萨拉,这本书被剥夺了字词,可我们的故事还在,因为这是一本由死亡写就的书,而自打我们不再拥有名字的那一刻起,我们就已然死了。

厚厚的白雪覆盖了我们的话语。它们离我们如此遥远,被我们的同胞如此遗忘,以至于它们或许已不再是人的话语,而是我们被埋葬之呼号的扭曲回声。

书的缺席令我们的缺席变得神圣。你同我一样,只在我们不复存在之地活着,也即是说,只活在所有镜子都散碎成唯一的一面镜子的脚下,我们就站在那面镜子的背后一动不动。

我们探索中的虚空不是我们蹑手蹑脚悄无声息潜入其中的那本书之虚空。萨拉,那虚空是它们的书之虚空,我们是那书中透明的一页,对任何符号的再现、对任何迟来的花期都满怀敌意。

终有一天,那些离散的字词会为我们、为所有逐渐学会在空无中阅读我们的那些人而从数个世纪的沉默中浮现出来。我们的书是献给明天的书。

   (在此,书是代表爱么?书是爱的一个对象。在书中,爱表现为句子、词语、字母之间的拥抱和爱抚以及耳鬓厮磨,而在书外,则表现为对写就的创面、有裂变之虞的损伤的某种绝无掩饰的激情,我们扒开伤口的双唇,犹如分开阴唇,好让死亡的精液喷射而入。

他说:"女人,你的性器,是书的白色深渊,一度为曾被我们的话语之洪流卷走的一句闻所未闻的话语而淌血。"

但书中也有仇恨和嫉妒:一个未曾破译的文本加剧了对造物主的仇恨和嫉妒。一个文本之下的文本,后者为前者而精疲力竭、耗尽自身。

火存于纸页,用来点燃并熄灭书之白色。最初和唯一之书的永恒清晨。)

旅馆的阳台上,我在观察众多飞鸟——一排排的海浪——以展开双翼的姿态死在水面上。

我告诉自己,这必定是书自我了结的方式,因为书也始于被天空吸引、一飞冲天的字词。

有时,也有人付出巨大努力飞往天空,但很快又掉了下来,在海面上砸出一个洞。

我们的坟墓不是字词的坟墓,也不是游鱼或海鸟的坟墓,那些坟墓永恒移动。它们鄙夷并打破时间的秩序。

你说:"大海和书无穷尽。字词在留给自己的生死循环中松开了岁月那透明的绳索。

"尽管笔力越来越不支,但书仍继续用白色的字符从事着自我书写,直到尽头。"

或许，写书意味着把书写之空无换作空无之书写。

（一切都不再相同。你要保存好该记住的东西，这就是说，要保存好那个在曾经存在和不再存在之间依旧存在的东西：物体之幻影、语言之幻影、光之幻影。

书写是字母的破晓之孤独。）

"是的,我便是这低语,正如你也是这低语,但始终动如参商。低语的任何一边什么都没说,可是,啊,出声的只有那堕落的——妙不可言的——噪声,而它说的无非是:顺其自然。"

——莫里斯·布朗肖
《来世的脚步》

第二卷

| 对既言之言的双重依赖 |

……书传递出的所有真实——这部分黑暗中，光精疲力竭——仿佛都只是在抵近死亡，而死亡之书写既是幸运，也是厄运；一种借每个字词和每个字母、借声音和沉默而变为我们之死的死亡；在那儿，意义无非是赋予冒险以某种意义的那个东西。进一步说，仿佛是这种冒险本身为了获取某种意义而需要词语的深刻意义、需要词语的众多意义，而这些意义不过是词语之光芒的一簇簇火花。

因此，书，为其字词所孕育，活在字词的熟稔生活里，死于它们共享的死亡中。

因此，我们先是被生命中每一秒钟的碎片导引，继而又被其所弃。最终，我们所能见证的就只有这等抛弃了。

前面的话

"火确立了某种分类法。"

——弗朗西斯·蓬热①

"某种东西让我内心的某种东西尽善尽美。"

"可比,让位于不可比。"

——亨利·米肖②

---

① 弗朗西斯·蓬热(Francis Ponge,1899—1988),法国作家、诗人。
② 亨利·米肖(Henri Michaux,1899—1984),法国诗人和画家,原籍比利时,1955年成为法国公民。亨利·米肖借助东方神秘主义与迷幻药进行颠覆性写作,其诗歌和绘画直接呈现出个体的潜意识与神话原型,语言不再是表达或修饰的工具,而成为映射另一种维度存在的镜子。1965年他曾获法国国家文学大奖,但拒绝领奖。

赌注

把赌注押在赌注上，而非押在影响赌注的选择上。
与其选择假设的收益，不如选择一定的风险。

让赌注免于选择：书写的现实。

为赌而赌——如同为欲望而欲望，为爱恋而爱恋，为冒险而冒险。对象不再是赌注，只是借口。

在什么都无法导致结果的情况下，任何结果既可以证明预期中的无结果，也可以证明虚无。

太初即虚无，虚无无开端。

既近且远之二

"一个词,以它所有的绿,进入自己,移植自己,跟随它。"①

——保罗·策兰②

《雪部·什么在编织》(*Schneepart*)

距离是否有其阶段性,抵近,便是其界碑么?

在文学领域,我有两类发现:一类是在未完成中完成的作品(未完

---

① 原文为德语,译文引自保罗·策兰著,王家新译:《灰烬的光辉:保罗·策兰诗选》,桂林:广西师范大学出版社,2021,第433页。
② 保罗·策兰(Paul Celan,1920—1970),本名保罗·安切尔(Paul Antschel),第二次世界大战后重要的德语诗人之一,生于一个讲德语的犹太家庭,"二战"时父母死于纳粹集中营,本人历尽磨难,于1948年定居巴黎,以《死亡赋格》一诗震动战后德语诗坛。之后出版多部诗集,达到令人瞩目的艺术高度。曾获不莱梅文学奖和德语文学大奖毕希纳奖,是继里尔克之后在世界范围内产生最重要、最深刻影响的德语诗人。1970年在巴黎塞纳河投水自杀。

成而勉强完成），另一类是仅完成一半却又无限延宕的作品。我对这两类作品都有兴趣：对前者，我关注其跋涉的历程；对后者，我关注其将要走的路。

如今，有那么多我引用过的作者的文字，有那么多日复一日写出的札记，都在我的纸板箱里沉睡。

其中有那么几位作家、思想家、梦想家和诗人，他们曾让我大开眼界；也有几位让我处于眼界常开的状态。有些作家，他们的作品让我热切地一读再读，也有些作家，我只会断断续续读他们的作品。最近这些年，我和那些有创造天赋的年轻人越走越近，而与那些前辈作者渐行渐远。

共享之话语常新。

"我们以鲜血镀这面镜子：
书写。"

——雅克·杜宾[1]

《外部》（*Dehors*）

---

[1] 雅克·杜宾（Jacques Dupin，1927—2012），法国艺术评论家、诗人。

"一行又一行白色的字,双眼被引向远方。"

——埃马纽埃尔·奥卡尔[①]

《哈里斯别墅图集》

(Album d'images de la villa Harris)

"在这面具的背后,是那个不得不模仿的声音……还有另一张不得不驯服的脸。"

——热拉尔·马塞[②]

《中文课》(Leçon de chinois)

"该是画自画像的时候了。"

——雅克·鲁博[③]

[①] 埃马纽埃尔·奥卡尔(Emmanuel Hocquard,1940—2019),法国诗人、翻译家。
[②] 热拉尔·马塞(Gérard Macé,1946—),法国诗人、随笔作家、翻译和摄影家。
[③] 雅克·鲁博(Jacques Roubaud,1932—),法国诗人、作家和数学家。

"没有写作不把时间弄模糊的。"

——让·洛德[①]

《卡桑德拉格言》（*Le dict de Cassandre*）

书的目光：我们双眼紧闭的目光。

"坚守你的书。"

——弗兰兹·卡夫卡

《日记》（*Journal*）

---

① 让·洛德（Jean Laude，1922—1984），法国诗人、民族学家、艺术史家和评论家。

那个点

　　他说:"我将近终点。伴随着每次呼吸,那有限的、游丝般的气息便充塞于我的肺中。我和无限的关系历尽所有这些阶段、这些终点。我以不去阻止渐渐死去的本能活着。"

　　希伯来人把当下比作一个点,视其为往昔的终结和未来的开端。

　　我在《问题之书》中把那个点定义为最小的圆——一个新的中心。序曲之点与终曲之点。但那是哪个终点的序曲和终曲呢?无疑是所有开端留在身后的那个终点,是火灾废墟里的一堆烧焦的石头。

　　书写对当下一无所知。那第一个词语之所以同往昔决裂,就是为了能以其处子之身直面苛刻的未来。

　　以新鲜的墨水浇灌之。

　　一切生成都建立在某种未知因素之上,这个未知因素一旦为人所知,便即刻回归其原初的神秘。

未来不过是对某个待发现之往昔的无知。此一无知，才是于黑夜里在群星中探索其康庄大道的真知灼见。

有待抵达的黑夜。

矛盾为我们的追问提供养分，但它并不直通空无，而是通往某个我们必须以词语表述的无法表述之物。

他说："一个词语通常具有一种意义，这种意义又引申出另一种意义，而第二种意义又引申出第三种意义，如此一来，我们就会隐约发现，我们仍未跨过词语的门槛。

"在唯一一个词语中穷尽其所有的意义，此乃作家之使命。"

一切中，必有一切之解体，正如存在中必有命定的存在之毁灭。未来何在？是的，有什么能最终得以永存？

（"对无常这一概念的实践，关系到对问题的实践：须通过出离自我、通过抛弃一切属于虚构部分的终极参照和所指、通过因其自身局限而成为必要的谦卑、通过创建出某种死亡——毕竟，死亡是生命的悲剧性游戏——方能实现。"）

——阿道夫·费尔南德斯·佐伊拉[①]

[①] 阿道夫·费尔南德斯·佐伊拉（Adolfo Fernandez Zoïla，1924—2011），法国作家，精神科医生和心理治疗师。

白昼的皱纹

"……我可以随意支配这一未知因素,以获得平衡。"

——勒内·夏尔[①]

将问题提升到太阳的高度。澄明的源头。

期待于他人之物,须向自身求索。
从夜到夜,天上都有太阳。

"下一颗心就位。"

——勒内·夏尔

---

① 勒内·夏尔(René Char, 1907—1988),法国诗人。年轻时受超现实主义影响,曾与布勒东、艾吕雅合作出版过诗集。第二次世界大战期间参加抵抗运动。法国光复后被授予骑士勋章,并出版多部诗集。1983年,其全部诗作由伽利玛出版社收入"七星文库"出版。

哪一个

"我们将对人进行彻底剖析。我们或许会重新发现思想与意志的种种要素,但我们始终都会遭遇那个我过去就曾遭遇过的'X',却无法解答。这个'X'便是话语,它释放出的信息会灼烧并吞噬那些还未准备好接受它的人。"

——巴尔扎克

《路易·朗贝尔》(*Louis Lambert*)

"您知道,"他对我说,"马拉美做了大量小卡片,其内容引发了其同时代人的极大兴趣。但他以绝对的沉默来回应他人就这些卡片提出的问题,并要求在自己去世后烧掉这些卡片。我所能说的,只是在我同他合作翻译惠斯勒[①]的《十点钟》(*Ten o'Olock*) 那段时间里。有一天,我走进马拉美的家,发现他手里正拿着这样一张小卡片坐在写字台旁。他

---

① 惠斯勒(James Abbott McNeill Whistler,1834—1903),美国画家、雕刻家。

沉默片刻，仿佛在自言自语：'我连这个都不敢再写了，我已经交出太多了。'我伫立其侧，看到卡片上只有一个词：'哪一个。'他又把卡片放回纸堆里，我也再没有机会了解得更多。"

——弗朗西斯·维埃雷-格里芬①
《致安德烈·罗兰·德·勒内维尔②的信》

（语言不是开端，而是界限。它是先前的终结，是人甘冒致命之灾的抵达。

已写就的开端与终结不过是对词语惴惴的痴迷，是其虚假的移动。）

或许我在自己的作品中始终尝试着摆脱那个沉重的"我"，以支持那个近乎匿名的"我们"。

书写或许只是渐次达至这一无名。

成为他者并允许他成为我：匿名的昏暗之路。

他曾经写道："总会有某张揉皱的纸页反抗刽子手，纸页上一句湿润的话语犹如姗姗来迟的一滴泪珠。

---

① 弗朗西斯·维埃雷-格里芬（Francis Vielé-Griffin, 1864—1937），法国诗人，生于美国。
② 安德烈·罗兰·德·勒内维尔（André Rolland de Renéville, 1903—1962），法国诗人，随笔作家。

"我便是这句透明的话语。"

他说:"在你热血膏润的大地上种下一棵树吧。灵魂同样需要树荫。"

他又说道:"善引善,犹如恶招恶——引力无限。"

他曾经写道:"打开书不是从左到右,也不是从右到左,而是从上到下——一页在天空,一页在尘埃。"

善,在更善者眼中不啻善之失落。

"我的床便是我前行之路上平坦的石头。
"你觉得这公平么?"

"公平,因为你从不缺少石头安享你夜间的休憩。
"奇迹,只有对穷人才会存在。"

他曾问:"我们对那些不知和平为何物的人能提供何种庇护?"
有人回答他说:"只要黑夜记得黑夜,白昼记得白昼,他们就不遑宁处。"

空白的卡片

把评论自己作品的差事留给作家，某种程度上意味着把他从自己的书中赶走。

看上去，这似乎很矛盾，因为我们要他这么做正是为了帮助我们进入其作品，犹如主人居家待客。

其实，作家在面对文本时，与某位事实上的读者处于同等位置。呈现在我们面前的文本一定是我们能够阅读的文本。它每次都是我们所读的那个文本，也就是说，是一个新文本。

作家于阅读中书写自己，读者在作品中阅读自己。

阅读中，你将交出自己的名字。

空白卡片和纸页之间的边缘很宽。可在此边缘你找不到我，你只能在更白的、在隔开缀满字词的纸页和透明的纸页的边缘找到我，只能在隔开已写就的纸页和有待书写的纸页的边缘找到我；因此，这个空间无限，在那儿，目光回归目光，手回归笔；在那儿，我们书写的一切在书写过程中即遭抹除；在我们永远完成无望的那本书里，书居然难以察觉地完成了。

那儿，便是我的荒漠。

（作者的阅读与读者的阅读，其差异或许在于：作者独自承担了初次盲读的风险，书因而写就；而读者占有的那部分文本则提供了另一种机会，为书赋予了多种阅读的可能性以及出人意表的维度。

因此，一种是成书前作者的阅读，另一种是成书后读者的阅读。

大洋深处，一个未经破译的文本令作家痴迷。他果敢下潜！如果他带回海面上的词语呈现黑色，那必定是因为词语如常备不懈并满腹毒液的章鱼，逋逃时，墨汁也是其障眼的武器。

阅读是光的女儿。）

一步步，书愈靠近其模型，它毁灭的也就愈多。

哦，符号的孤独。

论舒适的依据:从黑夜部分说起

"如果造物主是一种虚构——至高无上的虚构——语言将由谁验证呢?"

——乔治·奥克莱尔[①]

《汇聚?》(*Convergences?*)

除非有不受特权影响之物,否则我希望在自己的作品中享有什么特权?

他写道:"不适之清晨。舒适之黑色地狱。

"夜晚,我栖于无数火针之上。

"群星。群星……"

思想在其阴影的不适中生长。

---

① 乔治·奥克莱尔(Georges Auclair,1920—2004),法国作家。

啊，如思想般漂浮！黑暗支撑着我们。

有一些四季不明的树，其果实被奉纳给我们。木化石的森林中，阔大的树叶有如古怪的墓碑。你就躺在那下面吧。

在此，我们一点点死去。

"你"从"我"切离，如泪水从无限、水滴从时光切离，但又为同一命运而结合在一起。

被构思成流动之物继承了流动性。此为其值得称道之处。

我们只能设想一统。解体是内在的。

"瞬间"将书打开。"永恒"大为惊诧。黑暗与光明，永恒的王牌。你在两个不同的层面上书写，在两个势不两立的时间中书写。

无论是往昔凝固的时间，还是未来静止的时间，死亡永远准时。

大理石，我们折断的船桅。

宇宙是一个固定的点。造物主便是这个点。

一切因从不移动而移动。书写，书写。唯有书写移动。

只要有一人认可，不宽容就将继续过着它至为欢快的日子。

受害者们哭喊道："你们迟来的义愤或偶尔掉几滴眼泪又与我们何干？
"擦掉泪水。快回到你们自己的日常生活中去吧。
"你们推卸不掉对我们的责任，除非你们躲进为自己释罪的借口中。洗清一切嫌疑吧。用大量的水。"
"脏水，脏水。"

人啊，无论你说什么或做什么，你都牵连进去了。未来会为你辩护或起诉你。

我们佯装为某种不公而激愤。其实，那激愤不过是因为一时间突然搅乱了我们的惬意享受而起。

他曾经写道："如何让受害者对主人感恩戴德而死，这就是刽子手关注的主要问题。"

义愤也同样程度不一，分为公认的义愤和合格的义愤。我们是不是强调得不够多？

我们的确只关注自己，只关注最近的反应。

他者便是那个曲解已知条件的擅入者。

他口口声声说热爱他人,其实内心只爱自己。

那些奋起反抗不宽容的人,往往自己最不宽容。

他说:"我对他人该负何种责任?——不过是某棵树对一片树林可能承担的责任罢了。

"我们都由他人所植。"

他人是我的脸,而我正毁灭它。

选边站队早已成为不宽容的一种形式,但如何才能避免?

他说过原封不动地接受我,却拒绝我以同样方式待他:他害怕被当作他者。

我们尝试用词语系牢那个因其轻盈之力而不时浮回水面之物。
谁承想,这片碧蓝之水竟漂浮血污。

原谅之行为如果只是因了过分宽容而显得在理,那么对被原谅者而言,原谅便是不可容忍的。
善意不能以是否软弱衡量。

为他人担责和为自己担责同样困难。此一困难当中，有着我等之孤独的全部重量。

友爱并不意味着向他人伸出援手，而是意味着自己之手已在同朋友之手相遇的途中：一个幸或不幸的爱的故事。

留下吧。即便你不确定我是否在那儿。你会找到我。

造物主的凯旋。所有的缺席意味着空无的在场，意味着对虚空的觉醒。

思想像自由、爱情、仇恨一样，为编织自己的束缚而拒绝所有束缚。

与我们自己去绑的东西绑在一起，而不是和试图绑住我们的东西绑在一起：束缚之牢固。

他过去常说："别总想着去晨雾背后寻找蔽日，否则浓雾会天天如此残酷地让你去冒测量自己之无能的风险。"
他还说："灰比黑更残酷，因为它应许希望。"

我们能传递自身的什么呢？——肯定无所传递。但这一虚无却是我们所能拥有的全部。

希望是飘飞的枯叶，是风中金色的飒飒回响。

椭圆

"承受孤独,不离不弃。"

——迪迪耶·卡昂[①]

毕竟,椭圆或许只是一个圆,一个可能推迟了封闭自身之圆——由于疏忽、神游抑或遗忘?

让我们聆听……

罗丝玛丽·瓦尔德洛普:

那断裂的书写骤然悬垂于其不愿包抄的空间,仿佛不再起作用,它从断裂处分离,为的是试图完成在不可言说中依旧表达自我的残酷任务。

[①] 迪迪耶·卡昂(Didier Cahen,1950—),法国诗人、记者和随笔作家。

那充满情感的书写故意戛然而止,随后便融入了沉默难以察觉的运行,在那儿,字词的回声逐渐沉寂。

与其说那是断裂的书写,毋宁说是在最隐秘的时刻,以某种非凡、坚忍、率然的勇气成就的撕心裂肺的书写,但充满了纯古典的冷峻和不同寻常的简洁音调。

那么多原始蹊径横贯这些文本,对我们发出邀请。

众生与万物总是在他处——清楚地说来,是在乌有之处,但断裂的书写不知此情或佯装不知此情,它们有机会通过"已然在彼的词语"、通过一个常新的或类似的名字——一个拒绝遗忘的名字——而获得理解。

那断裂的书写不免惊讶,居然有追随者一路追随它,直到它现今已不复存在之处,且在那儿待了那么久,为的是"等待见证"。

我们眼前,是已然揭去面纱的深渊,而我们背后,是"已被言说"的另一个深渊。

克洛德·罗伊–朱诺:

沐浴于沉默,受难于沉默,沉默已不再是纯然的沉默,而是最后的沉默之话语——说它是最后的话语,是因为它在其他话语之后才被发现;因此,它是沉默背面的话语,其延续只是为了取代沉默;它是诞生于其他话语的可能性和不可能性中的话语,是诞生于其他话语之缺失的可能性和已被感知的不可能性中的话语。其实,这些最后的沉默之话语并非无时无刻都是话语之沉默。沉默之话语之所以代表沉默,只是为了打破沉默。然而——哦，真是令人失望！——它永远都无法打破沉默，甚至无法触摸到沉默；它是一堵已不成其为墙的白墙，只是白色、透明、虚空的白；它是虚空的话语，说得更确切些，通过不能占有它的东西，通过什么都不做而只想占有它的东西，这话语已经比较容易被理解了。我还要说，这话语是在沉默的边缘被耗尽、被损害和被抛弃的所有话语之话语。

"一种手手相传的力量。"

在这种"力量"上恰恰需要止步，与其说这是止步于面对我们的一个真实的障碍，毋宁说是止步于面对我们与无限——即来世——之间的一段距离；我们面对的正是这样一个放眼望去如此广袤的空间，一个对思想而言如此沉重、令人生畏的空间，但这空间并非皆为荒漠，而是一个先于荒漠或后于荒漠的空间，因为那荒漠就位于每个词语深处。

"这是一本并非为你们而写的书。"

约瑟夫·古格利尔米：

用所有的语言来停止与之共存，难道不就意味着无限多地繁衍我们的话语并相应无限多地扩展我们的沉默么？

终结始终是一场无尽之毁灭的开端。

不再搞革命，不再去痴言自由、仇恨和爱。要成为那本与书对抗之书，它就是在最后之书——最初之书——的缠斗中成形的。要实现自由。实现革命。

在此，当荒漠言说出曾经存在的血色黎明时，书之晨曦为我们揭示出了一个处于宇宙中心、尽为尘埃的宇宙；但我们何以还能在那被诅咒的话语中、在那时间的尽头听到这鲜活的声音？

"超越空隙。"

"……作家接受的唯有写作。"

——让·卡戴松①
《批评》(*Critique*)
1977 年 2 月第 357 期

"书写是无从把握的未来。"

——罗丝玛丽·瓦尔德洛普

"……匿名，且如漫长岁月般缓慢变化。"

——约瑟夫·古格利尔米

---

① 让·卡戴松（Jean Catesson），法国作家和医生。

"当代越千年。"

——迪迪耶·卡昂

在外莫辨之物,在内可辨之。

力图变"在外"为"在内",变"在内"为"在外",此即作家执意欲试之事。

书写或许只是展示通往可能中的缺口。

在造物主沉默之处,让造物主死于造物主吧。

场景·开放

"这某个场域的新的开放。"

此即安娜-玛丽·阿尔比亚克以其堪称典范的明晰惠赠给我们、让我们得以活下去的那个场域。

我们再也不能逃避这个让我们的边界震颤不已的无限了。

这是一个反过来被面向未知的某种推力所慑服的震颤,与我们密不可分的每个词语对其都如醉如痴。

"从一个场景移向另一个场景。"

那场景作为"不求通达,唯求调和"之开放,有如地平线之于地平线。

愿他长眠于"因此"

"那时

    由于'因此'已死

从沙石之地的背面

跌落

      愿他长眠于'因此'。"

因此,罗歇·吉鲁①已不在了。他沉进了书中,而这书并非一座寻常的坟墓:它庇护着这书不受空白侵扰,不受纯意识之雪和死亡之雪侵扰。

---

① 罗歇·吉鲁(Roger Giroux,1925—1974),法国诗人、翻译家。

"'我'　　在不宜奉告的距离中　　找寻它"

因此，一位诗人言说，而后缄默。某种无涯之沉默降临，与那些最单纯的词语邂逅，而词语为他带去了自身之沉默的爆裂部分；或许还带去了大海之沉默的爆裂部分，书或许便是在那海上写就并消失的。

"还有被选择的

唯一的

行为

作为黑暗的纸鸥"

因此，他曾有过这样一种尝试：托举起承载树木总重的空无，从大海托举到无法抵达的山巅。

"第一页，大海上，一棵树的心中雪花纷扬"

"还有几棵树

于行为的空无之上

安然无恙"

因此，大海上确曾有过这样一种举动和这样一棵孤树，其果实在被吞噬之前曾为我们所珍爱。

因此，一切皆无；但是，与这虚无一起，所有过去能从字词中挣脱出来的，如今又回归字词；所有过去能从心中浮现的，如今在书的最后一页停止了与那颗心的同步跳动。

聆听死亡时，我们永不会离开山巅，也不会离开大海。
我们永不会离开树，也不会逃避死亡的追问。

"我曾经是一个问题的对象，这个问题超出了我的责任范围。它曾经在那儿，但不曾坚持，它为了不吓着我而温柔地呼唤我的名字。但我毫无可能追踪到那声音的痕迹。故而我将其命名为缺席……"

因此，一本书，它以空无的胸怀，接纳了一位令人难以忘怀的诗人那星光璀璨的空无——哦，黑夜。

移动中的书写
——简答《文学半月刊》[①] 关于"书写有否性别?"的提问

是什么启动了书写?——是书写本身,我们与之密不可分。

创作中,忽而女性因素占了上风,忽而男性因素占了上风。

但在我们内心,这些因素是融合的,融合之紧密,无法将其拆分。

书一旦写就,就不再属于作者。

或许只有当作者发现自己意尽词穷的那一刻,他才能试着如实回答贵刊的提问,然而亦为时晚矣。

[①]《文学半月刊》(*La Quinzaine Littéraire*)于 1966 年由莫里斯·纳多等人创办,撰稿人多为专家学者、作家、大学教授和翻译家。

一九七七

——对《新文人》① 一份问卷的答复

绝望有涯。

希望无界。

刚刚过去的一年中什么最重要？有什么回忆？什么事件？

如许既言之言，如许未言之言。未来只关注未来。

挥之不去者何？——也许是一个手势。也许是孩子或大人的一句话。

保持开放。毫无疑问，我们令人吃惊的能力正是基于保存了这份开放性，可捍卫它着实不易。这能力令世界看上去历久弥新。

可我们在谈论哪个世界？自从一颗黄星长久地标志了无数无辜者之死，自从卑劣的暴力和折磨无耻地挑战光天化日，世上就再无大睁的双

---

① 《新文人》（*Les Nouvelles littéraires*）创刊于1922年，1984年更名为《另一份杂志》（*L'autre journal*），1993年停刊。

眼，一如再无闪烁的星宿。

一切话语俱发自无声处。沉默愈深，话语的分量愈重。

这一年的第十一个月①，某种抱有激情的沉默不期而至，终止了所有话语，打断了所有言谈。

某些片刻，这一沉默由某个人——那位埃及的国家元首——强加于世界。他执意与昔日的敌手共担沉默，他深知这一沉默蕴含数百万人的苦难，同时蕴含他们的希望。

这一沉默难道不也始终是我们的沉默，是我们的荒漠之沉默么？仿佛我们试图言说的一切只能经由沉默说出？

于是，有了微笑，有了握手，以及对未来何去何从尚无定见的话语交流，这些话语戴上了我们希冀听到的那句话语的面具，它只能在有心为这句话铺平道路的左支右绌的话语中登场。

在让这句支配我们行动的话语应运而出这件事上，无人做得比此人更多。

自始至终，我们在焦虑中期待的就是这句话语。

---

① 1977年11月，埃及总统萨达特（Mohamed Anwar el-Sadat, 1918—1981）访问以色列，打开了埃以直接对话的渠道。

词语的发明
——为联合国教科文组织出版的反对南非种族隔离制度的文集而作

继一本已然古老,但始终在场的书之后。继一本痛苦呼号的书之后。

言说者死于言说。他的死即是言说本身。

我们从未停止死于这一言说:

"他告诉我:

我的种族是黄色的种族。

我回答说:

我与你同族。

"他告诉我:

我的种族是黑色的种族。

我回答说:

我与你同族。

"他告诉我：
我的种族是白色的种族。
我回答说：
我与你同族；

"因为我的太阳曾是黄星，
因为我曾被黑夜包裹，
因为我的灵魂洁白，
一如镌刻律法的那块石头。"①

你说的是哪部律法？律法无记忆。记忆无律法。
别再想着回忆了。你自己就是回忆。
我说过我记得么？

一切发明首先源于词语。我们是词语的支流。它们顽强地标记了我们，正如我们顽强地标记了它们。表示愉悦的词语。表示悲苦的词语。表示冷漠和希望的词语。表示万物和人的词语。表示宇宙和空无的词语。

---

① 引自《问题之书》第二卷《于凯尔之书》(*Le Livre de Yukel*)。

每个词语的背后都是生命，是或简或繁、被死亡窥伺的生命。

反过来，发明也发明了我们。它为达到自己的目的而利用我们。它让我们疏远或接近他人。它款待或攻击我们。它帮助或压垮我们，它取代了律法的位置。

但这是一个什么样的发明呢？当然是发明一个词语，发明一个定制的、对应其不祥之发明的词语：种族隔离（APARTHEID）。

A 对应 卑鄙（ABJECTION）
P 对应 警察（POLICE）
A 对应 凌辱（AFFRONT）
R 对应 条令（RÉGLEMENTATION）
T 对应 背叛（TRAHISON）
H 对应 霸权（HÉGÉMONIE）
E 对应 毒打（ÉCHINER）
I 对应 禁止（INTERDIT）
D 对应 悲苦（DÉTRESSE），对应一个民族无尽的悲苦。

"为了庆贺自己的生日，"有个南非白人说，"我向我的伙伴承诺说我将'干掉'一个黑鬼。我兑现了诺言。"
真的，他那个国家的法庭判处了他两个月监禁，缓期执行。

获准缓刑的人们啊,你们毫无愧悔,但你们不曾想过,一个出人意料的词语将把受害者的全部重量统统压在你们身上。一个你们的良心徒劳地想废除的词语:记忆(MÉMOIRE)。

在这个词语面前,你们终将屈服。

1983 年

"不可接受"会成为"可以接受"的一部分么?

空无以鲜血浇灌。

墙

"在祝贺缺席者之地，满目缺席。"

——勒内·夏尔

他说："我们在墙的两边白忙活，想让我们共同的话语远避不堪忍受的孤独。"但他忘了，我们已将话语联手交还给孤独。

"所有这些皆在言说着此地、此时的墙。"

"墙，绝不为纾解。墙，只炫耀拒绝。"

"墙，其行将倾圮的边界或被否认、被加固、或被仇恨、被寄予希望，似乎它存在于此首先就意味着在窒息和化入空间两端犹疑不决。"

——马塞尔·科恩[①]

《墙》(*Murs*)

---

① 马塞尔·科恩（Marcel Cohen，1884—1974），法国语言学家。

"你的墨水已然学会了墙的暴力。"

——保罗·奥斯特[①]

《发掘》(Unearth)

"我在墙上书写词语,词语让四壁坚不可摧。"

——雅克·杜宾

《门洞》(L'embrasure)

"没有墙。再无沉默。我们为一个来自天外的沉默下注。"

——马塞尔·科恩

《墙》

每一滴泪都有自己的墙。墙的高度意味着我们死一般痛苦的程度。

墙上之血即是水泥——绚烂而凝固之血。

石头和石头的对话便是水泥——或尘埃——的对话。

[①] 保罗·奥斯特(Paul Auster,1947—),美国作家、诗人,犹太人。

石头比路更雄辩。

能听到沉默的不是书,而是书之石头;不是石头,而是书之透明;不是透明,而是书之地平线的远端。

马塞尔·科恩已试着在那伤口流血不止且永不收干之地书写这一沉默,以一个黎明为代价换取一个星夜。

目眩。失明。沮丧。

别瞻前顾后,只视尔内心。起点在此。

一次只够容纳一份痛苦:一本书。

石头因包容死亡的全部耐心而厚重。

永恒的贱民那阳光般的微笑会出现在哪一片未知的、暴风雨洗礼的思想范围和生活范围?

彩虹。彩虹。

泪花如许,光为之着色,夜为之计点。

他说:"在墙上揳进一枚钉子,相当于补一个洞。"

思想的力量凌驾于我等鸿沟之上。勿为其相似性所欺。你会认识不到自己的力量。

对话中的提问是强拍。回答是弱拍。
提问由弱拍催生。

（"我仍在坚持，但心中有一个预感，即希望中固然有厌倦，但那个更明亮的世界——一旦越界便永远是我之世界——每日的威胁更多。"）

——马塞尔·科恩
《墙》

（先是逃避，后是断裂，无处锚定。任何时候都不存在平和的背弃。）

我们能把天空和天空分开么？
能把沙和沙分开么？
天空中的沙粒
沙粒里的天空
是无限的联盟。

"唯有眼睛尚能发出一声呼号。"

——勒内·夏尔

"灰烬,正面朝上之物。"

——迪迪耶·卡昂

"你不应该
仰望天空,你离开
像他一样
陷在昏暗的灯光下。"①

——保罗·策兰

《雪部》

"我们只能活在微微开启之物里,那正是黑暗与光明的分界线。但我们身不由己地被抛向前方。整个人都在为那推力提供后援和晕眩。"

---

① 原文为德语,承蒙王家新先生提供译文。

"真理需要两张脸：一张为了我们的抵达，另一张为了我们的回归。"

——勒内·夏尔

"真理之井是一种自身独立的美学。"

——马克斯·雅各布 ①
《致埃德蒙·雅贝斯的信》

"观念从不会多么清晰。探索者花了太多精力想要阐明它。到头来反被词语遮蔽。"

——乔治·奥克莱尔
《同一与他者》(*Le même et l'autre*)

---

① 马克斯·雅各布（Max Jacob, 1876—1944），法国诗人、散文家和画家，犹太人，雅贝斯的良师益友，其诗歌兼具立体主义和超现实主义色彩，且有人性和神秘主义倾向，在20世纪初法国现代诗歌探索阶段曾发挥重要作用，1944年死于纳粹集中营。

回忆保罗·策兰

那一天。最后一天。保罗·策兰在我家里。就坐在我如今久久凝视的那把椅子上。

我们亲密地交谈。他的声音？大部分时间都柔曼悦耳。可如今，我听到的不是他的声音，而是他的沉默。我看到的不是他，而是虚空，或许因为，在那天，我们各自都在不知不觉中围绕着我们自身残酷地兜着圈子。

词语的记忆
——我如何阅读保罗·策兰

我从未谈过保罗·策兰。是谦逊，还是读不懂他的语言？可一切都让我靠近他。

我爱这个曾为我友的人。而且，我们的书和而不同。
同样的追问连接起我们，那是同样遍体鳞伤的话语。

我从未写过保罗·策兰。今天，我想斗胆一试。这个决定并非完全出于己愿①。

这是第一次，我很想为德国的读者们写一写保罗·策兰。

这是第一次，我写下评论保罗·策兰的文字，并把他的语言、他特有的话语所开放的场域作为终极场域赋予我的文本，这足以促使我说"是"了——就像有人沉默或孤寂时对自己说"是"一样。然而心之所

---

① 本文系应德国《法兰克福汇报》（*Frankfurter Allgemeine Zeitung*）之约而作。——原注

念的,却仍是已逝的故友。又仿佛第一次,在一片静穆中,我在我们从未一同涉足的地方陪伴着他,那儿是语言的心脏,是他曾与之激烈抗争的语言,而非我们彼此交谈的语言。

斯人已逝,谁复堪与言说?

虚空占据全部位置之时,那位置便也空空如也了。

在我家里,保罗·策兰为我朗读他的诗,至今余音袅袅。此刻,笔握手中,那朗读声仍环绕耳畔,我倾听自己的词语奔向他的词语。我倾听他的词语化入我的词语,仿佛阴影下,在一个未曾远去的人伫立之处,我聆听着他的心跳。

那声音就在我研读其诗的中心。因为我只能借助译文去阅读保罗·策兰。但通过自己创造的抵近其文本的方法,借助于诗人那令人难以忘怀的声音,多数时候,我觉得自己并未背叛他。

保罗·策兰自己作为译者就出类拔萃。

一天,我告诉他,我很难从眼下的法译本中辨认出他曾读给我的那些诗——他的译本在1968年时还很少——他回答我说,他对那些译本大致感到满意。

正如诗人菲利普·苏波[①]在《伊戈尔王》(*Prince Igor*)序言中所说:"翻译,唯其追求如摄影般再现真实时,方属背叛。这等于事先就宣判了一个文本既不会生动,也不会和谐,既无色彩,更缺失节奏。"

[①] 菲利普·苏波(Philippe Soupault,1897—1990),法国诗人,法国超现实主义文学运动的奠基人之一。

真是一针见血。但若果真如此,原初的文本会发生何种变化?

保罗·策兰对已经出版或行将付梓的译本表现出的认可着实令我困惑。"很难更好了。"他接着说道。难道心底里,他比任何其他作者都更明白他是一个不可译的诗人?

在保罗·策兰的语言背后,有另一种语言的回声从未死寂。

像我们一样,在白昼的某个特定时段,在穿越黑暗与光明的边界之前,保罗·策兰的话语徘徊着,在势均力敌的两种语言——弃绝的语言和希望的语言——的边缘行动着并表达着。

贫乏的语言和丰饶的语言。

一边明澈,一边晦暗。但融合至此,孰可区分?

是辉煌的清晨,抑或哀伤的夜晚?非此,非彼,而是迷雾之下、时光内外均无法独自言表的广袤荒野——真是苦不堪言。

非昼,非夜,而是模糊的空间,是被剥夺的语言借昼夜融合的声音,从再现的语言深处退却后留下的空缺。

这就好似话语只有在其他话语的废墟中方能立足,同在,却无他。

尘埃。尘埃。

沉默允诺聆听词语,对此没有作家不知情。在既定时刻,沉默如此强大,词语只能表达沉默。

沉默,这足以颠覆语言的沉默,它可曾拥有属于它自己的语言么?一种无源无名的语言?

那是秘密的、不可听闻的语言么?

只有那些一度归于沉默的人对此最为了解,但他们也清楚,只有通过使用语言的词语才能听到它、领悟它。

从沉默到沉默、从词语到沉默的持续过程。

但问题始终存在：沉默的语言是拒绝语言的语言么？抑或相反，是记忆中首个词语的语言么？

我们难道不知道么？由字母和声音构成的词语依旧保留着对学校课本或其他作品的记忆，某天，当这些作品向自身揭示词语的同时，也把词语向我们揭示出来；同样，词语也保留着对一切声音的记忆，那些声音会在若干年内——甚至在数个世纪内——口耳相传。

那是被发掘、被传播的词语，通过陌异或熟悉的双手，通过遥远或当下的声音，那是昨日之声，而无论其悦耳或冷酷骇人与否。

如今，我敢断定，词语没有历史，只有沉默被词语讲述的历史。

词语只言说这一沉默。那是它们和我们的沉默。

追问一位作家，首先意味着追问他记忆的词语、沉默的词语；意味着对其词语之往昔的钩沉——那些词语远比我们古老，而文本则无年代可循。

德语，对保罗·策兰而言，尽管是他浸淫其间的语言，可有一段时期，却被那些号称德语卫士的人禁止他使用。

若德语的确让他引以为傲，那德语同样也令他蒙羞。难道不正是那些无法立刻将他推向死亡的人使用着他所忠悫的词语，企图将他清除并弃置于孤寂或漂泊中么？

骤然间，世界全然陌生，却又要完全投身于抛弃你的国家的语言之中，且宣称那语言只为一己，天下竟能有这等不合常理的事。

真的，似乎语言只属于那些爱它胜过一切并终生不离不弃的人。

193

那是非同寻常的激情,是为了语言才拥有的自身之激情的勇气与执着。

斯特凡·莫塞斯①在分析《山中对话》②时写道,保罗·策兰在这首散文诗中借用了某些意第绪语的习语,他认为这足以构成对刽子手的挑战。

对我而言,他的挑战并非如此一目了然。

对刽子手的挑战是在他处。是在他的诗的语言里。那是一种因他而臻极化境的语言。

每位作家都在与词语不懈作战,以强迫其表达出自己最内心的东西,但绝没有人会像保罗·策兰那样在自己的身体上有如此绝望的经历;一种双重的经历。

要懂得礼赞杀死我们的词语。要杀死拯救并赞颂我们的词语。

与德意志语言的这种爱恨交织的关系,引着他在走向生命的终结时书写下了那些阅读时唯觉肝肠寸断的诗句。

读者甫一接触策兰的诗便感困难,其缘由也正在此。

在保罗·策兰早期的诗中,他倾向于能表达他的思想与呼吸之语言

---

① 斯特凡·莫塞斯(Stéphane Mosès,1931—2007),法国—以色列裔哲学家,耶路撒冷希伯来大学弗兰兹·罗森茨威格日耳曼—犹太文化、文学、历史研究中心名誉教授。
② 《山中对话》(*Entretien dans la montagne*)是保罗·策兰1959年8月错失与德国哲学家阿多诺(Theodor Wiesengrund Adorno,1903—1969)约定的会面后写下的一首神秘的散文诗。

的词语：那是他灵魂的语言。

他需要借助这样的语言才能活下去。在他书写的语言中，他的生命被书写，那是以他生命的词语甚至是以死亡的词语书写的，而死亡，也是一种词语。

后期的诗中，他对语言的执着达到了顶峰。那是在爱之中心死去。

那是在摧毁言说之前所欲言说之物，一如眼下唯沉默曾有权述说的：这词语前后的沉默，这词语之间、这两种相悖而行却殊途同归的语言之间的沉默。

他的诗唯存对真实的求索。那是语言的真实么？真实即为绝对。

面对刽子手，他以与其共享的语言之名喝令其屈膝下跪。

这便是他接受的豪赌。

若翻译确属背叛，我还敢坦承那是为了更好地聆听保罗·策兰而踏上了背叛之路么？

然而，对每一次个体阅读而言，难道不都是自我的背叛么？

我不能直接阅读德语，要借助各种译文来阅读保罗·策兰，有法语、英语或意大利语译文。都可以接受。又都各有不足，但可以帮助我更深切地领悟原始文本。一个译本所缺失的，另一个译本可以弥补。

我阅读着这些译文，而不失对德语文本的洞察；并试图从中发现节奏、运动、音律和删减；那是由保罗·策兰精确的声音所指引的。他不是已将这种阅读方法传授给我了么？

我掌握的所有语言都有助于我进入他的语言中——那是我所不了解的语言。就这样，经由如此罕见且非同寻常的迂回方式，我得以尽可能地靠近他的诗。

我确曾阅读过保罗·策兰么？我的确曾长久地聆听他。我如今仍在聆听。他的书每次都会更新我们之间的对话，我已记不得这对话始于何时，但此后再无任何事情可以中断这一对话。

那是穿越词语的沉默之对话，其轻盈一如自由而勇敢的飞鸟；这世上的全部庄严尽在苍穹之中，一如大理石墓碑被伤感的幽灵置于并不存在的墓冢；这世上的一切痛苦尽在大地之上，一如漫长而恐怖之白昼的灰烬，在数百万焦煳的尸体上，徒留绛色烟霭中那难以承受的图像。

"虚无的玫瑰

无人的玫瑰"

"我们曾是，如今是，

仍将是，某种

虚无，但却在绽放，

那是虚无的，无人的

玫瑰。"①

---

① 引自保罗·策兰诗集《无人的玫瑰》（*La Rose de personne*）中的一首诗《圣歌》（*Psaume*）。原文为德语，现据法国诗人、文学评论家和翻译家玛蒂娜·布洛塔（Martine Broda，1947—2009）的法译本译出。

心怀奥秘的人
——怀念马克斯·雅各布

一

"句法彰显个性。"

"立言立说,就要竭力认知自我,唯此功夫最为上乘。
"真正热忱的工作是那种自我承担的工作。"

"理论是一件紧身胸衣,是一座桥,是个性。"

"词语虽重要,语句方传情。"

——马克斯·雅各布
《致埃德蒙·雅贝斯的信》

"我也很了解这些葬礼。如有可能,我会一切从头开始,但死亡不会假我以时日。"

——马克斯·雅各布

《致埃德蒙·雅贝斯的信》

二

"夜未央,人无眠。沐浴夜色清辉。"

——马克斯·雅各布

《海滩》(*Rivage*)

我写给马克斯·雅各布的最后一封信是1944年2月由我所在的开罗使徒代表团(la Délégation apostolique du Caire)寄出的——寥寥二十五个字,表达出我的担心和深情——但信被退回来了,背后注着:已故。

长存的是未来
非悲戚之当下。

对马克斯而言,未来即今日;是三十年来的每一天,明天还很漫长。他的作品总让我们无法释卷，盖因他具有一种特色，而这种特色恰是同时代最好的作家们亦未能体现出来的，即那种游戏般的沉重。

"那些声音对我说'na'，在希伯来语里是'秘密'的意思。"他曾在《伪君子的辩护》(*Défense de Tartufe*) 中这样写道。

他是个心怀奥秘的人，而非传奇中人。马克斯·雅各布，他在创造自身传奇的同时，也在一心一意洞察着奉献给天堂和地狱的某种存在的奥秘。

即便在其作品最不起眼的语句中，也总有一个上界——或下界——生活过的世界或将要生活的世界。诗令其改观。诗，便是吸纳一切奥秘的永恒之奥秘。

他那由幽默滋养的夸张与恣肆，那克制与非克制之际不含敌意的过分，有如天际间的无尽峰峦。那无疑是通往造物主的艰辛之路。正是因为先有对造物主的领悟——在基督向诗人显圣的那个著名夜晚之后，造物主已成为他冥想的中心——他才义无反顾地上路。

让自己置身于造物主和语言当中，这是他始终不渝的情怀。

他特别写信给马库西斯①说："我们都是些不擅表达、不屑表达的好好先生，而我希望你能在某些方面勉力表达你自己……这种表达其实不可能完备，但如果运气不错，倒是可以表达出那些不属于你的东西，而这种不属于你的东西恰恰是你的某种特质。"

在天赋言说的可能性中，始终存在着自我表达的不可能性。

如果能幸运地表达出某些不属于我们却又与自我有关的东西，这就

---

① 马库西斯（Louis Marcoussis，1878—1941），法国画家，生于波兰。

是一切创作的宗旨，也是作品所能揭示的。

在对自杀的痴迷中——他不是早在1919年就曾写过"那些口角，我的那些毫无餍足的傲慢，所有的那些热狂，都无法止息自杀那隐秘和挥之不去的念头"么？——他似乎不断地以自戕来自我赎罪，并最终走向了外套上缝着的那颗黄星所命定的不归之路——无数次隐约闪现的死亡。

他在1939年1月给我的信中写道，"历经了若干世纪之后，我们应当期待重新与那种以一己之血肥沃大地的殉道精神会合。对我而言，身为犹太人和虔诚的天主教徒，我早已准备就绪"，而在最后一封落款为5月1日的信中他还写道："我早已置身世外。我只能接受殉难。"

他就是这样，怀着认真审视过的信仰、悔恨、痛苦和赞叹，从书到书，直至一切话语的沉默，实现了他公认的创造性的一生。

或许正是身处这一沉默的边缘，我们才应当锲而不舍地阅读他。

"我感谢您让我诞生于受难的犹太民族，因为只有受难且知道自己受难并把自己的受难奉献给造物主的人才能获得拯救。所以，从压抑、可憎的童年开始，您便让我在这个已然蒙受屈辱的民族中受难；而假如您不曾让我意识到这一点，那么您一定会让我储备力量，让我有朝一日能为得到拯救而向您呈贡我的奉献。"

——马克斯·雅各布

《宗教冥想》(*Méditations religieuses*)

1941年9月，8点10分

三

萨拉曾经说过："死亡中，死亡从未如此平滑。我们从未如此相似。"

于凯尔则回答："死亡对我们而言，曾是死之透明。"

"那是一道广袤到无法尽收眼底的目光。"

——罗丝玛丽·瓦尔德洛普

"唯有在充满勇气与力量的岁月里才应当学习写作。"

——乔治·奥克莱尔

《同一与他者》

"沙,沙,生命。纾缓的血,忘了曾经的努力,微风,水气,生命。"

——马塞尔·科恩

《加尔帕》(*Galpa*)

"爱抚既逝,徒留无边暴力。"

——保罗·艾吕雅[①]

---

① 保罗·艾吕雅(Paul Éluard, 1895—1952),法国诗人。1911年开始写诗。1920年与布勒东、阿拉贡等人加入达达主义团体,1924年参与发起超现实主义运动。第二次世界大战期间参加反法西斯斗争。一生出版诗集数十种。《法国当代诗人》一书评价说,"在所有超现实主义诗人中,保罗·艾吕雅无疑是成就最高的作家之一""他精通如何把'荒谬事物的不断同化'有机地融入他对自由的无比渴望之中"。艾吕雅与雅贝斯私交甚笃,他是最早向世人推介雅贝斯的法国诗人。

皱纹的岁月

"人类正在变得关注自身,我们应该用人类的语言对其言说,而诗人正是用恢宏绚丽的语言对人类言说的那个人。"

——马克斯·雅各布

《致埃德蒙·雅贝斯的信》

"将自己仅置于一个明澈的真实之上,也就是说,置于一个唯一、锐利的边缘之上。"

——安东尼·阿尔托

《神经称重》(*Le Pèse-nerfs*)

确凿无误的法令[1]

没有哪本书能在如此程度上成为检验其律法的空间。绝对重磅的《死亡判决》！不可擅改的宣判，确凿无误的法令，如断头铡刀般斩落在每页纸上，不为把叙事庶几等分为两个部分，相反，是要以刀口——至少是以最直观的方式——标注出从一部分到另一部分、从生命到死亡的过程，为的是随后将其混同。

从此时起，书将分为判决前写就的部分——该部分围绕判决而写，惊悚又令人着迷——和判决后写就的部分（抑或同时？）——该部分写的是接受判决、遭受判决，更确切地说是执行判决。我们或许可经由意象看到随着"那重重的一斧头"落下，J的掌心变成了窟窿……"如果这条线可称为幸运线，那我必须说，那景象把幸运变成了悲剧。"

律法是死亡之眼。三个同样激情奔放的人物将借无限的人性和冷酷的律法之眼而定生死。他们将围绕某些偶然现身的证人——担保故事可信性的人——在他人之死中活着，并在自身之死中死去。

---

[1] 本文系埃德蒙·雅贝斯为莫里斯·布朗肖的小说《死亡判决》（*L'Arrêt de mort*）撰写的插页文字，原载伽利玛出版社"想象"文丛（*L'Imaginaire*）。

此乃宇宙之律法和书之律法。"该发生的已然早早发生。"可这些完全没有沉默的死亡话语是怎么回事?"在我止步之地,奇异之事肇始。"

(他曾经写道:"如果他人是我对其责任的担保人,我便是他所留之踪迹的担保人,由于他的介入,我与世界的关系发生了改变,因为既然被一个我已提前知晓其分量的未来所约束,我也只能以他保证尊重我们与字母的契约为依托。

"因此,只有他才能证明我的诚信,因为除我之外,再无他人可以为其诚信作保。"

他说:"你以团结是通往自由之路为名反对我的自由。

"矛盾即在于此。"

或许"我"只能证明"你"——通过"你"来确认"我"。确认"我"和"你"互为对应和同等的关系。

细察之下,踪迹更白。

他曾经写道:"'我'之现实是'你'之想象的微妙产物。

"是其幼稚的投影。"

缺席一直在编织我们的纽带:将虚无与虚无联结。

勿再拥有面孔,唯让造物主看到。
所有门俱在尘世。)

踪迹唯存荒漠中
——与埃马纽埃尔·列维纳斯同在

一

我知道他存在。我看见他。我触摸他。但他是谁而我又是谁?我们彼此了解,彼此呼应。在这个基础上……

这张脸,或许是某张被遗忘而又重新发现的脸——是我这张脸之前的脸,还是这张脸之后的脸?

也许只有不可言说之言说发出的声音在诉说自己的厄运,因此什么也未言说。

言说的虚空,言说在此迷失了自己,我们在此自我迷失。

不过……

某种被动而恼人的缺席。

踪迹唯存荒漠中,声音唯存荒漠中。

行动的肇始是迁移,是漂泊。

从不可言说到不可言说。

离开熟悉的、已知的场域——风景、面孔，去那个未知的场域——荒漠、新面孔、海市蜃楼？

无法穷尽的虚无之面孔，集虚无和所有面孔之沉重，还原为唯一的一张脸，我的脸，迷失的脸。

那么，何谓迁移？——或许就是一道燃烧的踪迹之非踪迹，无始无终，行踪不定；就是沙碛和皮肤在其酷烈之境呈示出的原始情感。

那踪迹在皮肤上，也在心里。

或许这踪迹正在接近那张脸，这种接近总是滞后和具有彰显性质的；它带着我们奔向无限。

在我们的胸中跳动。

于是，脉动成了对踪迹的直觉。我们成了那踪迹。

若我是那踪迹，我只能为另一个人成为踪迹，但如果那另一个人又是另一个人——不断递延到众多他者——谁还会注意到那踪迹的存在？或许，他人即踪迹之深渊。

在深渊中思考，书写深渊。置身边缘。但那踪迹倘存于我身，在我体内流淌和跳动，该当如何？我体内的每次脉动便是被记录、被计数的踪迹。热狂——爱情、痛苦、谵妄——令踪迹倍增。那踪迹与存在有关，与本质有关，一如与虚空有关，并可能成为虚空的回声。

二

　　这踪迹中浮现出一张脸。是哪一张呢？一切与虚无俱存于这张脸，俱存于这张被抹除而又从抹除中重生的脸，它从被死亡遗忘、迷失而又复原的空无特性中浮现出来；死亡似乎认识这张脸，认识所有的脸，了解其特别之处或令人困窘的凡庸之处，此乃相似性的明证。借它们的名字：可说出或不可说出其名的那张脸。

　　对脸的痴迷成了脸本身，成了迁移中痴迷的踪迹；那迁移具有脸的形态，它塑造出自身的品性。这证人般的脸，既默默无语又喋喋不休，既被聆听又当场受责。

　　一个名字无疑是一道踪迹。但这名字属于谁？一个名字仅仅是个名字，仅仅是个能发音的字词。一个名字仅仅是个无法证明的证据。

　　无论入睡，无论清醒，这张脸都是黑暗或光明的同一道踪迹。

　　踏上那道踪迹，就意味着踏上那张脸。

　　在这些道路上，应当用嘴行走，以唇前行，以便亲吻那踪迹。爱主宰道路。

　　但没有踪迹的路存在么？

　　昨日是明天的踪迹；但明天希望自己了无踪迹，仍为处子之身；或毋宁说，它希望在我们的期待中以自己的踪迹宣告它的到来；那是它自己先前的踪迹。于是，昨日便成了一道始终有待到来之踪迹的应许。于是，明日复明日，踪迹被做了标记，即未来的踪迹。发生了的事情，在某种意义上已在我们日常祈盼的心中留下了踪迹；希望的轮廓，而希望有若踪迹。

同样的还有恐惧，因为死亡既是令我们生畏的踪迹，又是一切踪迹的丧失。

可那张脸呢？——或许，那张脸被赋予了普世的、人性的和神圣的踪迹；被赋予了迁移的理由——动机——以及作为无法毁灭之缺席的象征；他者脸上的明灭已成为其难以捉摸之脸的晨昏，是所有面孔中的绝对他者。

重归虚无。但也是重归虚无之镜，重归破碎镜面的反射，重归反射距离里破碎的椭圆。

死亡会是唯一的踪迹么？但它如何标记？死亡非但没有标记，还反过来逃逸出一切既有的踪迹。在这场逃逸中，死亡甚至会堂而皇之地现身于海岸和山峰，让大洋的咆哮和狂风的怒号把并不存在的踪迹震聋变哑，并一路追杀踪迹，直到用盐给它做上标记，或以巨大的气流将其击昏；仿佛这踪迹早已在令其眼花缭乱的否定和不可侵犯的透明中被定位、被攫获。

三

此类极限中，还有何种欲望敢妄称欲望，除非是无限的欲望，是不可及的天空，在其脚下，我们的欲望与我们的极限同来受死；除非是天外钟情于蔚蓝的蔚蓝？

这种面对另一张脸产生的张力仿佛从云端透出，又仿佛来自未能察觉高度的纯光；这种对一张远处的、令人目眩的脸的盲目诱惑；这种在其他面貌或实或虚接近时我们面貌的挛缩，有如我们的面貌之于其明白无误的异象；这种被压制的吁求，被压制到了在所有吁求、所有遭遇、所有拒绝中仅存的最后一份需要、欲念和希望；这种呐喊，这种微弱的噪声，这种威胁着我们的情绪的波动和糊涂的满足，它徘徊着，而我们正是其子嗣或受害者；这种爱情中的爱情，这种苦难中的苦难，这种踪迹中的踪迹，哪一个会通过自我宣示而宣示它们的存在，通过自我诠释而诠释它们的意义呢？——或许它就是那个"非自身所能定义"的"超存在"的"第三者"？但这是否牵强呢？除非这"第三者"即这第三个角色是死亡，是那不在场的真实，它的名字让一切真实在其名字中土崩瓦解。

四

善——首先是在自身中对他者的善，其次是他者对其自身的善——这种联系，这种亲密、克制、炫耀的团结；这种宣告，这张憔悴、虚空的脸的到来；这种渐渐潜入的距离，它在空间现出轮廓，忽而形显，忽而形散；这种空间的聚拢，瞬间又自身折叠，仿佛是一个意象——一个并非意象却被当作意象看待和钟情之物——还有什么能比一张脸更让人倍感亲切呢？在信仰的中心，在一切接近的门槛和终点，这张脸闪闪发光——这种难以察觉的沙沙声，令人想起树叶与树叶间的摩擦；这种亢奋的赤裸与赤裸本身微弱、轻盈、空气般的碰触；这种纷纷落叶，令人想起树的末梢以及书的结尾那种自然的悲哀；这一切，还有直面未知——确凿的未知，却深藏于记忆之中，早已面目全非——时的那种震撼，那种遽然的冲击，那种恐惧和那种惊叹，难道此即真实？难道这就是我们不敢称之为真实，因而被我们所遗漏的那个东西？难道这就是真实那张模糊的脸？我们的脸通过它而领受了真实，仿佛我们须依自身的相貌让它不可见的相貌变得可见，从而相信它，逐渐看见它，而它无非是我们从其在场中所占有的那种预感，那种热切的欲望，那种疯狂的需求——一幅升华的意象——但我们却要永远奉献给它，就像湛蓝的天空要永远奉献给湛蓝的大海一样；那白昼之前的脸是平滑的，随着其每次显现和每次短暂的——致命的——变形，它变得越来越平滑，最终剔透晶莹。

五

造物主，作为众多他者中的绝对他者，仿佛我们必须首先熟悉并共同分担众多他者之脸的责任，才能通过这些他者之脸接近这个没有面孔的绝对他者；仿佛他所失去的，如今正在所有湮没的脸上闪光；仿佛他用自己的脸清偿了我们所有人的损失。

此即受难；是爱中之爱的绝望，是痛苦中无涯的痛苦，是谵妄中极度的谵妄。此即顺从，在其至深的统治下分崩离析。这，就像无底的绝壁，像沉沉夜色中的黑暗。

我们的责任何去何从？空无经由我们的双手锻造。

六

那么，谈谈问题吧。

追问，意味着从问题形成之时起，我们便再无归属；意味着我们不再心存归属感地去归属，意味着我们在众多约束方式中挣脱了约束。不依附，为的是更全面的依附并再次不依附；意味着我们要永远将内心敞向外在，任其放飞，在其自由中狂欢，死而后已。

冷酷地追问、再追问。双重的责任。

我存在。我生成。我书写。我书写只是为了生成。我只是那个变成他的人，这个人反过来停止了存在，成为他一直暗中存在的他者。我是我将成为的所有他者。我将不复存在。而他们将变成那个无法存在的我。

问题在它身后留下了一片空白——纸页。

书写在书写中被抹除。黑在黑暗中变成了空白。空白则保存下来。

空白在蔓延。黑向空白敞开，空白填满了空缺。空白的持续。

被说出的，不留踪迹。它永远是已被说出的，是被跨过去的踪迹——抑或是被忽略的踪迹？

发掘踪迹或许意味着继续书写，意味着围绕那难以发现的踪迹徘徊。

词语的全部踪迹俱存于词语。

词语是过载的空无。

脚步与踪迹的同盟。踪迹是否和脚步同步？除非脚步与踪迹同步。

……一步，如同一口井。

词语的问题，文字的问题，书的问题，都是向空白、虚空和空无提出的问题。

航道。哲人、智慧的足迹？抑或只是一个蠢人的足迹？
空白是通往死亡的航道。

航道之水纾解我们对未知的饥渴。

未知是最后的、最冒险的航程。在这个意义上，死亡取代了未知。

书写或许只是死于我们的死亡之词语的一种方式，而踪迹则可能只是一道被逐层揭去面纱的阴影，啊，终极之空白。
空白之下，我们长眠。
长眠于那无形之空白的脸之下。

（"天空只是有些更暗、更高。"）

——勒内·多马尔[①]

（"心灵永不会摒弃揭示它的文字。"）

——埃马纽埃尔·列维纳斯

（"所有宗教中一切伟大的神秘主义者都会成为我们的神秘主义者，如果他们挣脱其宗教的枷锁而我们恰在此时套上枷锁。"

"……我们就是这样把这种倾向理想化了，在

[①] 勒内·多马尔（René Daumal，1908—1944），法国诗人、作家、印度学家和剧作家。

每时每刻都想把每件事情作为问题提出。")

——罗歇·吉尔伯特–勒孔特[①]

---

① 罗歇·吉尔伯特–勒孔特（Roger Gilbert-Lecomte，1907—1943），法国诗人。

"我发现很难知道我是谁。此问题上,旁观者清。长久以来我都觉得反过来才对,比如说作者比读者更了解自己。其实不是这样。"

——让·格勒尼埃[①]

[①] 让·格勒尼埃(Jean Grenier,1898—1971),法国哲学家和作家,加缪的哲学老师。

让·格勒尼埃提出了这个问题——但他的问题既不反对中断关系，也不支持中断关系——这难道不正是他的过人之处么？

超脱，也能起到桥梁的作用。

在法国犹太教基金会的演讲（节录）

（巴黎，1982年4月21日）

我们闯入一本书是为了阅读，把它送人时却要合上。

……如果说，我与法兰西语言长久以来就密不可分，我是知道我在我们国家的文学中占据什么位置的，但严格说来，那并不是一个位置。与其说它是一个作家的位置，毋宁说是一本不归属于任何范畴的书的位置。所以说，它是一个由书划定了界限、并随即由接续而来的书所宣告的位置。是由被书写之物为书写腾出的位置，就好似每一页书都任由我们占据，但只是为了让我们通往下一页；就好似书是在一个恰如其分的空间里自我完成并自我解体，而一旦那空间被词语覆盖，也就变成了书的空间。

而在那巨大的运行内部将我的作品带往其虚幻之终点的，用的也是同一种方式。

中心并不存在。一个点孕育出另一个点，于是，某种偏离中心的话语围绕着这个点而确立了自身，某种追问也随之而来。这是个没有回头路的点。

可以说，我占据的就是这样一个缺席的位置。它确认书是我唯一的场域，是我最初的也是最后的场域，是我倚靠的一个非场域之场域，但更为宽广。

话语从其他所有话语的沉默中浮现出来，而这样的沉默也是荒漠。

如果一定要为自己书中的话语下个定义，我会说，它们是瞬间可闻、可见的沙漠之话语，是沙之话语：是某种专注聆听之话语，是极为古老的记忆。

荒漠的经验既是话语之场域的经验——在那儿，它是至高无上的话语——也是话语之非场域的经验——在那儿，它在无限中自我迷失。所以我们从不知道自己是在它腾跃之际抓住了它，还是在它不可置信地缓慢灭失之际抓住了它：不知道那是它令人目眩的腾跃时刻，还是它难以察觉的灭失时刻。

或许，我们能听到的无非是一句临终的话语，任何开端都知道自己的大限就藏于开端之中；就好像那话语为了能被完全把握，也必须见证自己从生到死的变迁似的：从它浮现时所照亮的空无，到它没落时又重新融入的空无。

在此情形下，创造仅仅意味着让我们看到一个客体的诞生与死亡。我们言说，我们书写，都只为了这一刻。时间的持续并不属于我们。

词语的重量当然只能是横贯人之经验的词语之经验的重量，是共同的过去之重量，是共享未来的一瞥。

显然，某些词语承载着我们所能拥有的全部情感，比如"爱"和"死亡"，但这两个词对我们每个人而言并不能产生同一种共鸣；因为每个生命都是独一无二的；我们自己的故事就隐藏在我们那些日日夜夜的故事后面，带着我们的痛苦和我们的欢欣，带着我们的泪水和我们的笑声；唯有这样的故事才是我们要以词语——我们是其猎物——揭示的，但无能的词语却难以把握住这个故事。

但在讲述我们生活的同时，它们能否也让我们重新经历一个故事——由我们的生活所记录，但又比我们更古老？

聆听一个词语，意味着要特别聆听它的回声，聆听它无限的延展。书便建立在这种聆听之上。

对"您认为自己是个犹太作家么？"这个问题，我始终回答说："我是个作家和犹太人。"这个回答或许一开始让人难堪，但我这么说是出于某种严肃的考虑，即不想将这两个概念中的任何一个简化为我有可能将它们放在一起使用时所代表的那个意思。

然而，就在我宣称自己是个作家时，我发现自己早就是个犹太人。从这个意义上讲，作家的历史和犹太人的历史无非都是他们所认定属于他们的书的历史。

正是我作为作家的追问允许我以该追问的全部分量向犹太人的追问靠近，仿佛犹太人在既定时刻的进展庶几成为书写的进展。

无论是塔木德派还是喀巴拉派，犹太人与书的关系和作家与其文本的关系一样炽烈。二者都同样渴望学习、认知和破解其已刻入每个字母中的命运，而造物主已从字母中消隐。所以，他们的真理若有不同又有何妨！那是其存在的真理。是其语言的真理。是两种书用同一种语言表述的话语，因为犹太作家并不必然是在其写作中将特权赋予"犹太人"一词的人，对他而言，"犹太人"一词包含在词典的所有词语当中；一个词语，唯其对存在而言愈是缺席，其自身便愈是词语当中的每一个词语。

"犹太人"一词伴着每个犹太人诞生和死去，它承受的是一个远古之创伤每时每刻都在更新的词语。

六百万具被烧焦的躯体，以其永恒化的恐怖图景将我们这个世纪一分为二。

在评估那场灾难的惨烈程度时，谁能忘了它的起因，而仅仅记得其无辜呢？

不，犹太人的主题并不足以使一本书具有犹太性。犹太人的叙事不在于轶事、告白和本土的色彩，而在于书写。我们无法讲述奥斯威辛。每个词语都在向我们讲述它。

某种犹太式的书写是存在的，这种书写令人不安，因为它历来知晓如何自保。它是栖身于书写中的书写。我们可以通过其特点——执着地想要找到应急手段、执着地盘问自己、执着地反复言说不可言说之事——认出它来。它是某种面向未来的、紧绷的晕眩之言说的话语，其脆弱性书写从一开始便心知肚明。它是焦虑之话语，虽惊惊乍乍却又亲如手足，其言说，非考验所能及，非其自身的交流所能及。

被文本束缚的犹太人面对其自身的真实，以扪心尽责地重复每一个字词的方式，活在他拿来作为自己名字的那个词语的希望和悲苦之中。

犹太人的话语是书前往的那个深渊的话语。

犹太人和作家经历了同一种永恒的开端，那并非新的开端，而是面对作品的同一种惊奇，是对有待阅读、有待言说之物的同一种信念。造物主是其话语，而这句活生生的话语将永远被一写再写。笃诚的犹太人唯有通过圣书走向造物主，但其对原初文本的评注并非对神之话语的评注。它只是对人之话语的评注，而人之话语因神之话语而夺目，正如飞蛾因灯火而夺目。它评注的是飞蛾的疯狂，而非耀眼的灯火。飞虫和书的命运都是要在焚烧中毁灭，但死法各异，也不在同样的时空。接近文本的途径多种多样，往往还很神秘。书的道路是直觉之路、聆听之路、期待之路、持重之路、胆略之路，它由字词所开辟，由问题所维系。它是通往旷野之路。

一种不见得每次都被感知为新的真实的真实能否自诩为唯一的真实？造物主居于永恒之中，而人则在生命里持续地走向思想欲一探根底的死亡。不朽的话语对抗着一切有限的话语。书见证着这场任何纸页都无法化解的冲突。然而，造物主仅存在于人的话语里，并由人的话语生成和毁灭。共有的痛苦。

最为本真的宗教话语能否就是无神论者的话语？我们要想真实地言说，必须隔开一段距离。未经分离的话语是不存在的。这种分离就是每个词语都会不期然遇到的缺席，正如每个被赋予的名字都会不期然遇到那个不可妄呼的圣名一样。

然而，分离是为了相认——我们难道不需要字词之间的空白，以使字词变得可读么？我们难道不需要话语之间沉默的一瞬，以使话语变得可闻么？——词语之间没有其他联系，唯有此种缺席。

我在自己的作品中尝试让话语随行的运动变得可以感知——从话语打破的先前的沉默，到话语肃静时引入的沉默。书之无限。

我的作品——这样称呼我的作品时我总有不少顾忌——常常被说成是具有颠覆性的。如果看上去的确如此，那仅仅是因为我受制于自身的不确定性并下决心克服它们，故而会毫不犹豫且毫无愧意地将自身的矛盾展示出来。

矛盾令人不快，甚至令人恼火，因为矛盾损害判断。

话语一旦溢出口唇，便进入了流亡状态。与话语化为同一，意味着拥抱话语的未来。

为什么新生儿从子宫中娩出时的哭喊是痛苦的哭喊？那绝对是因为当他用自己的语言、以一声生命的哭喊来宣示自身时，那哭喊已然是一声流亡的哭喊。

借自身的话语，我们永远都是婴儿的这一哭喊，它找寻着一张熟悉的脸，找寻着一只温热的乳房，找寻着爱。

字词如同黑夜里的一颗星，在空白的纸页中心流亡。所有词语都参与了这一流亡。

我们只追问流亡，追问缺席。别无所写。

如果回答确立了自身的场域，问题便将那场域变为了自己的宇宙。所有场域的问题无一不是问题的场域。回答意味着长眠，意味着死亡。苏醒意味着追问。当我把特权赋予后者时，我便并非毫无困难地保留了开放。在我看来，场域从来都应当是场域的开放。

我就是这样让书生存的。

我一直希望能推进得尽可能远，那对我意味着推进到可以言说的边界，以实现身为犹太人的我和我所背负的书之间的渐进调适。但我指涉的是哪个犹太人、哪本书呢？或许无关哪个人或哪本书，而只是忠实于一句来自荒漠、已化为犹太人自身的话语——因为那话语浮现于我们所有既已破碎的话语——忠实于一本绝对的、神秘的、每本书都在徒劳地试图复制的书。

我们与犹太性、与书写之间的关系，便是与陌异性之间的关系——既是其原初意义上的陌异，也是其此后不断获得意义上的陌异。它可以在最不利的情况下将我们变为异乡人中的异乡人。

身份或许就是一个陷阱。我们是我们所生成的人。

所以说，作为一个犹太人和一个作家，就意味着同时承担起超越犹太人和超越一本书那种不可超越的完整性。

其最大胆的搦战，或许就是在每一步中去寻找那个秘密的尺度——与"绝对"之任何关系的非公度性。

短期内，不可能做到的事即指在超越时败下阵来。拒绝失败，或许就可以把不可能变为充满冒险的可能。

我们的自由正在于此。

我想引用三段话来结束这次演讲：

首先是埃玛纽埃尔·列维纳斯的一段话：

如果你质疑自己的犹太身份，就意味着你已失去了这个身份，但你仍然不想放弃这一身份，如果放弃，你大可从根本上就回避这一质疑。

其次是莫里斯·布朗肖的一段话：

谁在书写，谁就在书写中流亡；那儿是他的祖国，他在那儿并不是先知。

最后，借用一段我书中某个虚构人物的话，我就躲在这个人物的后面：

面对曾让每个作家心力交瘁的不可能的书写，面对作为犹太人的困难——过去两千年来，这些困难一直折磨着以这个名字命名的民族——作家选择了书写，而犹太人选择了生存。

（"在犹太教看来，肯定有一片世俗领域须由神圣去净化。"）

——格什姆·斯科勒姆[①]
《忠诚与乌托邦》（*Fidélité et utopie*）

（他说："犹太教的力量，便是以唯一真理之名引发矛盾。"

他又接着说道："对真理而言，每一天都是胜利的镜鉴。"）

---

① 格什姆·斯科勒姆（Gershom Scholem, 1897—1982），犹太历史学家和哲学家，喀巴拉和犹太教神秘主义专家，生于柏林，卒于耶路撒冷。

在皮埃尔·保罗·帕索里尼①纪念日的演讲（节录）
（米兰，1983年5月2日）

连接起作家们的那个事物无法用赞美表述，它藏身于作家们的生命中最隐秘、最沉默的场域。作家们于此惺惺相惜，本质上这是在对冲双方之差异的某种冒险。

此即为何在这一亲密的、话语引发共鸣的场合，我想浪费些时间来不合时宜地唤起沉默：因为生和死的词语深埋在这沉默中，以书的形式归还给我们。

书的使命，当然是激发无尽的阅读，但其神秘或震撼之处在于，它每次只为一位读者敞开，那是它的读者。于是，在幸运邂逅的十字路口，一本书唯有借自身的繁衍来获取认可，但任何偶遇或稔熟的解读者

---

① 皮埃尔·保罗·帕索里尼（Pier Paolo Pasolini, 1922—1975），意大利作家、诗人、"后新现实主义时代"著名导演，1975年11月1日在罗马郊区被一名17岁的男妓用棍棒击杀，时年53岁。这位毁誉参半的大师的猝然离世震动了欧洲文艺界：教士们在他尸骨未寒时便开始驱除他的"邪恶魂灵"，而他的朋友、学生和崇拜者们（包括萨特、贝托鲁奇和罗兰·巴特）则为他举行了隆重的葬礼，尊奉他为"圣-皮埃尔·保罗"。

都有可能凭一己之力改变它的命运。

作家便是他的书。但我们并非是全从同一扇门进入这本书的。更多的时候，我们总是通过自己去接近作家。我们渴望与他相类，于是他成了我们的造物，因为我们会无意中把自己的品性借给他。他是我们自己的另一个自我，但这并非出于作家的意志，而只是出于我们自己的一厢情愿。因此当我们斗胆谈论他时，我们永远都弄不清我们谈论的是否最终就是我们自己。

今天我们在这里发表的这些演说，旨在纪念一位不在场的、有着强大人格魅力的人：一位作家，一位电影艺术家，一位随笔作家，一位思想家，一位斗士，最后，他还是一位诗人，是一位配得上"诗人"称谓的诗人，一位伟大的诗人，因为他倾尽毕生之力去发现一个声音、一套词汇、一种构句、一首歌——无论是欢乐的、反抗的还是忧伤的歌——一帧影像，一种沉默；他深知诗是一种全身心投入的行为，深知诗之所言——其实是未言之言、迂回之言——全然是一种冒险，是希望把诗的语言化作自己语言的人所要冒的风险。

寻觅绝对、迈向绝对的愿望日夜萦绕在帕索里尼心中，他在探索的征途上曾遍尝所有向他敞开的路；可能和不可能之路——直至那条他明知会让他丧命的路，他悲剧般的死亡已让我们略窥其端倪。

他以最高的水准从事着对人类及其语言的求索，抨击着征程中各类拦路虎和骤现的无理挑衅，这种障碍殊难逾越，故而他出师未捷，身已先死。

无人能比他迸发出更强烈的激情去追求人类的事业及其真理，这种激情或许只能来自肩负邻人之爱和真理之爱的人。

答案就在其传递出的问题中。

书的话语

书回答书。

我同罗歇·卡尤瓦的友谊是通过写作开始的。

第一次是二十五年前，一次短暂的邂逅，在开罗。互有好感，但略显拘谨。我有些局促，小心翼翼。他也如此。我未掩饰对他某些作品的保留意见——读过之后我有些生气地拒绝再读他的其他作品。他喜欢我能与他坦诚相见。他对模棱两可深恶痛绝。

我曾就他的作品做过几次怯生生的评论，所以他前来与我相见。我告诉他我可能是误读了他。我们友好地分手了。

后来，我离开埃及，定居巴黎。是1957年。他大部分时间都在旅行。我见过他一两次。我告诉他，大致说来，我和批评家的看法正好相反——至少从我见过的那些批评文章判断——我认为其追问的多样性表达出了他深刻的关注和焦虑。我还告诉他说，他那些故显傲慢和冷漠的作品——我知道他偏爱"保持距离的写作"——迟早会因其处处流露的所有那些欲言又止或闪烁其词的东西而成为我们这个时代最痛苦的作品之一。此后不久，我读到了他的《棋盘上的空格》，证实了自己心中的看法。

我记得还和他谈过他对死亡的迷恋，谈过别人在他的大部分文本中发现的死亡对他的魅惑。

就我而言，我在1959年出版了一本大部头的诗歌格言集[①]后便走上了另一条路，开始一页页地、执着地向源头和书发起了诘问，而他从我创作伊始就对这种诘问——无论是作品的形式还是创作——心有灵犀。

诘问废止了界限。在这条极端的边界上，受问题折磨的书得以写就。

我们能诘问死亡么？——我们不问其他。

在此情形下，书写便意味着接受，或更确切地说，意味着寻求一种与死亡永恒的面对面。

此外，诘问能不能成为一条纽带？它从疑虑中诞生，它每每质疑我们，并把我们两手空空地遗弃给死亡？

对我们俩来说，追问主导着我们之间的关系。

不可言说藏身于已被言说的最深处。我们则逡巡于表面：平坦、光滑、透明或不透明的表面，但绝不是平面。

沉默和死亡——其深度无法探究——不能被直接表达。只能——哦，真是悖论——经由其对立面中暗藏的偏袒之见而被破译、被揭示。

由此，我们只能听闻沉默，活于死亡。

由此，丰沛流畅的波浪之铺排呈现出大海的翻腾全盛之气势，与狂

[①] 指雅贝斯1959年出版的诗集《我构筑我的家园》。

暴的峰谷间的冲撞毫不逊色。由此，当我们仔细探究那个被局限在逼仄的轮廓线上的对象时，它将我们逐步引向不可见的极限，而它正是在那儿浮现和变形的。

罗歇·卡尤瓦向来关注的自然之奥秘——"不过，我始终小心翼翼地保存起这份奥秘的一角，追踪它的起源我总是无功而返"——或许并不像我们一厢情愿相信的那样存在于众生或万物当中，而是存在于众生万物皆无足轻重的极限之地。

从死亡到死亡，从沉默到沉默，书是里程碑，而绝非终点。

绝非终点，而是期待中的、近乎渴望之终点的导火索，是暗中渴望的终结，因为对一场赌注颇高的冒险而言，发明出一个终点便是未来之安息的保证，是体面脱身的机会。

作家本能地知道，他只有在献身于字词的疯狂事业中才有失败可言——如同献身于聆听、献身于绝望、献身于死亡一样——但他佯作不知，或毋宁说，在他拿起笔的那一刻便奇迹般地相信这桩情事不会发生；只有坚信自己的使命，才能坚持不懈。罗歇·卡尤瓦自己不是也在《虚构的方法》中写过"我明白，不论我献身于什么，我所能做的只有坚持"么？

一部作品也许是勇气的成果，但它首先是信念的行为，是内心的渴望，是生死攸关的必要忘却，多亏了这些，作家才得以重新获得其最初的创作能力以及随之而来的创造自由。

失败化为凯旋，颤抖解除伪装。

对一位创造者而言，失败，不仅意味着被判不能成功，而且像被冲上海滩撞得粉身碎骨的船只，已然无法再付出额外的努力去修复，只能忍受被拖拽上岸的羞辱。

面对这些不同的终结——全都既可怜又不值得嫉羡——罗歇·卡尤瓦的所作所为与《河神之河》(Le Fleuve Alphée) 相反，拒不承认，顽抗到底，忠贞不渝。

难道我们只能拯救我们所能掌控之物么？

对罗歇·卡尤瓦而言，掌控是其主要的关注。清澈到抗争的地步。

他投身于书写，竭力让书写远离可能淹没它的深渊，或许他已然发现，深渊就存在于书写当中。

如果说他对石头抱有如此激情的话，那是因为石头担负着某种超越时光的书写。

同样，唯有石头能将其昏暗的存在和耀眼的空无纳入括号——正如他自己打算在其最后一部作品中所做的那样："在这部作品里，我会以括号这一词语代表我近乎一生的总和。"

无数的石头，永恒的石头，在其毫无回声的名字内部已实现所有的旅程，它们在被奉献给我们的好奇心和沉思之前，已登顶过所有山峰，滚落过所有斜坡。

奇迹之石，创伤之石，秘密之石。

通过书建立起的友谊最无占有欲，也最不妥协。最无占有欲，是因为这友谊建立在我们的差异之上，建立在我们对这些差异——差异的加剧无可避免——的全然接受之上：是路中之路，或逸出主路边缘的新辟之路。最不妥协，是因为这友谊始终遭受着书的每一页、每个词语的全面威胁。

但也许所有的书都无非是某种友谊的书面表达，它在某个陌生人的友谊中寻找自我,而那个陌生人则变成了我们的替身:既是对手,又是同谋。

对"后无限"(arrière-infini)而言,所有括号都拥有虚空,而这个虚空依然是书。

还有这个人,他情感诚挚的在场始终让我欢喜。

重读这篇文字(本文和其他文本均刊载于《新法兰西评论》的"罗歇·卡尤瓦纪念专号")时,我发现自己并没有为他写下一句致敬之辞,也没想论及一部我所熟知的他的作品;我仅仅列出了一些思考,还往往带有诘难的语气,且在那思考的航迹上又留下了一个更大的悬而未决的诘问:眼下,那些审慎抵近的话语正在一个已然沉默的声音之阴影中被分享。

("争取时间……那是我伟大的目标。"

"巨大的平静源自工作的多重性和疲劳当中。

"别老想着自己,要追求一份事业,要瞄准一个目标。

"我们在暴风眼中发现了自己的中心。否则早被卷走了。

"这些被命名为'我'的沙粒之所以能堆积起来,只是因为其移动的速度。

"我只通过我所向往的终结来定义自己——而

这个'我'本身无非是某种紧张状态而已。")

——让·格勒尼埃

《路易·福歇①访谈录》

(*Entretien avec Louis Foucher*)

---

① 路易·福歇（Louis Foucher, 1918—2003），法国历史学家、考古学家。

裸剑
——论米歇尔·莱里斯

沉默之剑。沉默之裸。所有沉默皆自带其剑。所有赤裸俱为剑所伤。

"我"的沉默，在沉默的无限话语当中。

在这"真实的地带"，死亡即是法官。

审判。文本莫非是那无可逃遁的无情审判。

作家和读者在同样的字词中迷失。

大地迸裂，天际融合。

正是那创造风险的语言。

米歇尔·莱里斯写道："无论我观察自己时何等习焉不察，无论我于此类苦涩冥想时何等痴迷，仍有些东西无疑会骗过我的眼睛，而且很可能是最显眼之物，因为视角决定一切，以一己视角自画肖像，总可能在阴影中留下某些对他人而言必定极为明显的细节。"

阴影之嘴！剑悬于深渊入口。从未言说过的便不可言说。我们能同虚无较量么？我们无力与缺席作战。可战斗就发生在内部，发生在虚空的褶皱里：褶皱毗邻褶皱，空洞挤压空洞。

从未言说过的，是否就是那空洞？不可言说，是否就是那难以捕捉的褶皱？那细长、平行、明晰的线便是你们延伸的部分。

我们任由自身被携往虚无，受虚无摆布。穿行词语间，穿行水域间，但不招惹它们，仅唤起它们有限的兴趣。

为自己言说，对自己言说。讲述，讲述我们自己。突然间，失控的力搅翻平静的海。

问题与回答难道不是出于认知自我的疯狂欲望么？难道不是出于最终战胜沉默的希望、出于推倒四壁高墙那无可更改的决心，就好像我们仅凭自己的声音就可以充塞深渊？

荷尔德林写道："自从我们置身于对话当中……"

黑格尔谈到一首他曾思考并评论过的诗时写道：

"相关情况下，"他宣称，"人，为了切切实实地真正成为'人'，并自知的确如此，就必须强迫他人接受他对自己的评价；他必须让自己得到其他人的认可（在极特殊的情况下，理想的状态是被所有人认可）。"

所以说，他人是我们的镜子、法官、裁判、利剑。

话语不可能获得任何庇护么？它只有在暴露时才全然是其自身。

它只能以其挑战的他者之话语来衡量自身。

那么，为自己书写，真的是书写么？为自己言说，真的是言说么？的确，没有人向隅独处；对自己言说，毕竟只是无知地繁衍一个人的生死故事，只是从零开始重复同一个故事的细枝末节，而目的无非是每次都产生另一个自我；简言之，那仅仅是一种盘点自我的方法，一种描述我们自身的方法。

书不是始终敞向某个未知读者的好奇心么？

公开这段对话，意味着一身担起所有书写和所有言说中固有的风险。

我们已被阅读、已被聆听。我们再无法躲避审判。无论判决如何，我们正因那判决而从此认知自己。

我们词语的分量永远不抵它们在宇宙中的分量。

因此，文本依旧没有对象，话语撤出时照样悄无回响。未来嬉戏于阳光明媚的海之彼岸。

大海吞没了无法跨越大海的所有声音、所有呼唤和所有呼号。弥合书与自身间距离的无上权威落到了异国海岸来的无名伙伴头上；因为书并不寻求字词外的庇护，而只在字词之内、字词自身的最深处隐匿，因而书总能引领我们去发现一本有待发掘的书。

真理——或我们误以为真理的那个东西——好比思想，皆非苟合的产物，反倒是某种与狷狂、自大、敌对的真理或思想在不断运动中剧烈搏斗的产物——只有在它不可感知的瞬间错位中变得可见而愈发晕眩。

如果我们不畏惧这场势在必行的对抗，不畏惧同他者激烈交锋一决胜负，尽管作者本能地沉默，自传难道不会很快化作某种盲目自满的演练么？

我们始终在对抗他者。疯狂也许仅仅是想借不受人群和世界限制的独一话语之名驱除他者的糊涂顽念。

话语是双向的。它在这二元性的中心经受考验。

每个文本，每重语境，都见证着他者的最终胜利。他将始终统治我们，而我们很可能利用书写来逃避其令人难以忍受的势力。从这个角度看，我们可以将书写看作是一种解放，但书写之所以解放作家，不过是为了让作家更加屈从。

因此，没有他者，便没有了终点，没有了期限。我们每每溃败于他者足下，无法进一步追求超越自身的冒险，无法维系一种过于恢宏而难以和谐地成全的思想和交谈，无法得出某种普世的结论——我们得出的结论不过是所有作品的艰难且不完整的结论，具有悲剧的、致命的无效性。

没有出发，便无从抵达。既不能预计时间，也不能预计过程，旅程因而取消。

我们只能在时间中被阅读。书写的时间是时间之外的时间，但它被时间吸收了，因而变得可读。

而旨在逃避时间的私密日记恰恰是为了在时间之外保存话语，从这个角度看，那不正是逃避他者的重要尝试么？

但如果它们总是一种在自身折叠起来的力量，又该如何定义其界限？

字词，在其自身，只是一个洞。

真正的对话，是光天化日之下展开的对话：与字词的对话，与邻人的对话。它体现了米歇尔·莱里斯观念中的自传的实质，并由此不朽。

一个人正在沉默的无限之边缘追问自己，在那儿，生与死承担起其完整的意义。诡计是一场阴影的游戏，是暗中的交易。我们在正午诞生并死去。

绝对者之二
——论莫里斯·布朗肖

一种位于峰巅的反思如此绝对，使字词得以摆脱条件的重负，恢复其原初的自由状态。

人之条件能否干扰造物主的绝对：一如时间的界限干扰了永恒，或空间的范围干扰了无限？

造物主绝对神圣——对自己，他是异乡人，恰因他不受其思想的影响，不受其行动的标记——他的属性：永恒、无限、正义、善和智慧，必得避开一切条件。

但何谓未经检验、未经时间考验的完美、正义、善和智慧？

何谓没有时间的永恒？何谓没有界限的无限？——它们只能是其毗邻的"缺席"：依旧是绝对之缺席的缺席。不可思议的绝对者。绝对的遗忘。这遗忘一直都在忘却并将更深地陷入忘却。死亡中的死亡。

但如果没有生命作为限定条件，那么死亡究竟是什么？反之，如果没有死亡作为限定条件，那么生命究竟是什么？没有人的造物主——人限制造物主却不限制自我——又是什么？

人的这种过分便是对造物主的典型度量方式。

故而造物主的绝对性便依赖于这最初和最终的证据，此乃他不受约束的真正条件：非存在。

这就是每次我们在条件充分或条件不足时所遭遇的绝对性。

存在或非存在，无非是条件和无条件、在场和不在场之间持久冲突的一场博弈，进而也是被在场限定的缺席和逃避一切在场的绝对缺席之间持久冲突的一场博弈。

在哪个节点上，我们的在场变成了缺席？在缺席的哪个节点上，我们意识到了自己的在场？

绝对性是在限定之前还是之后到来？缺席是在在场之前还是之后到来？

换句话说，为了在场或缺席，我们是否必须一直保持缺席或在场的状态？

为了能有缺席，必须有之前的在场。但是，在某一特定的时刻，难道会存在之前缺席的在场么？第一种情形里，思想会在非思想之前到来。限定会在绝对之前到来。界限会在无限之前到来，而造物主会在造物主之前和之后到来。

在这种情况下，思想原本是会创造造物主的，会把造物主创造为非思想。

这一非思想原本是会拥有创造力的。它将支配思想，让思想通向自身，并大胆地将思想献祭。

但如果界限和思想首先到来，我们何以可能想象一条没有天际的界限、一种仅凭一己思绪去思考的思想呢？

为此，必须构思出一个荒凉的宇宙、一个透明的世界。而且，如果我们能奇迹般地获得成功，我们就必须要问：界限对透明而言是怎么回事，思想对空无而言是怎么回事，或许，除非是切身的痛苦和绝望？

是否存在这样一种陌异的条件或无条件呢？陌异性是不是某种绝对性，而其尺度是不是思想所建立的那条拒斥它的分界线本身呢？

我很想写下：从死亡的此端到彼端。

"您的文字并未打破沉默。"

换言之，话语（它意味着在场，意味着条件）不可能指望能感化作为绝对者的沉默。话语之绝对的撤出。

如果话语本身即是沉默，该当如何？

如果沉默实际上只是履行了一句极端的话语，正如不可见完全可以成为可见的最后状态，又当如何？

造物主在造物主中死去。

（绝对状态并不与中性状态相对立。从本质上讲，绝对是中性之本，是无条件的条件，是一切条件的无条件。

它是中性在无条件中的完美条件，或是在条件中、在充实的生命中、在绝对的场域中的完美条件：它占据的位置，即是死亡在生命中占据的位置。）

论路易-勒内·德·弗莱①，或问题的不安

"眼下，我正等着您问我那个灼烧您双唇的问题。"

——路易-勒内·德·弗莱

《饶舌者》(*Le Bavard*)

这是在问哪个问题？——或许就是路易-勒内·德·弗莱在每本书里都提到的那个最醒目的问题。问题没有回答，是因为问题的提出很困难，只能借某个已被拒绝的回答为条件提出，且不去寻求解决方案，因为事先亦知不会有解决方案。

但我们应该首先问问自己，所有事物都在言说时，究竟谁在言说；在那儿，真理是迷恋自身眩晕之话语的压倒性欲望的口头爆发，

---

① 路易-勒内·德·弗莱（Louis-René des Forêts，1916—2000），法国作家、画家、诗人。

仿佛要紧的事不是强调"没说什么",而是得说"我们永远都不会去说什么"。

但赌注更大。

正如我们对超越的疯狂需求驱使我们对生存持完全开放的态度、接纳生存的全部一样,某种意义上,这便是要屈从于穿越时间和空间之话语的不断位移以求死去,不是死于每一句话语,而是死于某种如此无名,乃至和虚空融为一体的死亡:拜这一虚空所赐,一切阅读皆成为可能。

话语,被颠覆一切回忆的"错置的记忆"所裹挟,能记得起的唯有它冲向未知的无畏奔袭,以及软弱的词语在其痛苦之缄默的支配下不可避免的一败再败。简言之,它必须不惜一切代价摆脱那个压迫它并险些让它窒息的沉默。

它意识到自己只能逆势而行,只能借自身取消自身的方式才能成功:通过奋起反抗一切取消它的事物而使自身幸存的一次过度尝试。

或许,正是这一取消使它得以作为唯一的话语而言说;或许,也是这一自愿的死亡确保了其纯粹的生成。

但是,一个于沉默中浮现的没有沉默的话语是怎么回事?

种子必须深播,方可变身收获。一旦开花,其死有日。

所以,沉默唯有陪伴话语走向完整,才能实现自身的目的:沉默被祭献给话语,话语反过来回馈以类似的祭献使沉默得以满足;它以同等决绝的方式偿清了自己的债务——犹如唯有死亡方能回应死亡。

"当我们口若悬河且始终大言不惭之时,便滑向了最糟糕的轻浮。"

——路易-勒内·德·弗莱

《一位歌手的伟大时刻》

(*Les grands moments d'un chanteur*)

庄重也会经历轻浮么——或者,什么会被视为轻浮?

"如此说来,我们痴迷于探寻自身秘密的真实,只是为了让表象告诉我们自己是谁么?"

——路易-勒内·德·弗莱

《镜中人》(*Dans un miroir*)

*

这就是抛给我们的那个关键词。但此处,何谓真实?毋宁说,它涉及不可避免地滑向一个离得更远之真实的问题。

我们实际参与的这场迈向真实的行动,无论其持续多久,是否就是我们抵达真实的最佳时机?

"……多么熟悉,一个脚下打滑的真实,滑落时把我们也拽了下去。"

——莫里斯·布朗肖

《饶舌者·序》(*Préface au Bavard*)

所以,真实既不在门槛——在那儿,它尚不知自己可以成为真实;也不在终点——在那儿,它发现自己不再是真实。

"虚假当然污染真实之物,但整体呈现出真实的色彩。"

——路易-勒内·德·弗莱

《错置的记忆》(*Une mémoire démentielle*)

一般而言,真实不能自诩真实:它只是推荐了某种真实,即它本身。

话语围绕这一推荐颠倒盘旋——如同被灯光吸引的飞虫。

这一切都触发于童年——那模糊的、无法定义的年代,既先行于又滞后于其话语的旅程。旅程中,那话语先是为自己言说,而后不说,只为自己能听到而被言说,把自己封闭于四壁高墙,以自己的唾液解渴,就像那个成年后的"饶舌者"之所为——并将在最初之词语的惊奇与苦涩的失望中继续被触发。

因此,说服不一定是根本目标。关键在于能否维持或扩大话语的领域，以使话语恃其勇气而不断重生。

"如果我再也不对您言说，如果我拒绝听您说，该当如何？
"如果我再也见不到您，又当如何？"

——路易–勒内·德·弗莱
《错置的记忆》

那么，无疑，只有宇宙那难以理解的缺席。一面随缺席而破碎的镜子。

"人人都在自欺欺人。"

——路易–勒内·德·弗莱
《镜中人》

但果真是个欺骗的问题么？
"可见的场"中，隐藏着一个更大的黑暗的场。
此外，如果最初的目的是为话语——书？——建立一个专属的场域，那么，叙述者——作家——又怎能预料这个他渴望的场域过去是，并永远是一个沉默的深渊？

"因我之踪迹本身的缺席而更显缺席。"

——路易-勒内·德·弗莱

《海上悍妇》(*Les mégères de la mer*)

那个依旧在说"我",但其实说的只是他之缺席的那个人,为了让一个话语能完成任期——走向终极和致命的异化——而让出了自己的位置。

在该话语的前前后后,挤满了那些此前暂时流通的话语,可它们从不触碰它,尽管它们看不惯它的自足和孤陋,尽管它们不理会这个问题而去逢迎由该话语引发却突然失去了兴趣并自动排除了自身的另一个问题。

当沟通的一切可能皆已穷尽,叙述者发现自己正处于这个不相沟通的舞台,他"突然有了一种任何词语都无法表达的先兆幻觉"(《错置的记忆》),词语与物体之间的差异竟变得如此不可逾越。

在这个非相似性的极点,镜子仅仅揭示出了它所捕捉到的那个转瞬即逝的意象;一个在那些专心演戏——一出喜剧?——的主演之间辗转腾挪的意象中的意象。

"那个告诉我们自己是谁的表象"会不会仅仅是一张脸的有记忆的反射,并不能肯定一定是我们的脸,即便它号称是我们的脸?

沉默占有了所有话语，一点一点地将整个话语击碎。话语难道只是我们所感知的一块碎片么？

但这一切又有什么意义？话语——字词——的主要功能不就是要表达我们么？我们的言说、我们的书写不就是为了认识自己么？

表象，唯有他者方能捕获。那么，这个让我们得以了解自己是谁的他者又是谁？是不是镜子之无限当中的我们自己？

但，或许，那言说或书写的人仅仅是在话语和话语之间、字词和字词之间、镜子所恢复的影像和镜子丢失的影像之间的一个媒介。

但"最终，难道不是一个关于他的问题么？
"追问的不就是他么？"

——莫里斯·布朗肖
《饶舌者·序》

绝对不是关于他的问题，因为他免于一切问题的侵扰。他绝不会受到追问，因为确切地说，他根本不胜任向自己提问。他只能向别人提问，且一旦提问过后他就不再烦心，烦心的是那个他戴了其面具的人。

……向他人提问，归根结底，即是向沉默提问，这一沉默之所以任人打破，只是为了从自己数不清的碎片中再次成形。

白纸自始便遮掩了镜子。书写也许仅仅意味着利用自身慢慢揭开镜子的面纱。此种渐进的揭示会是其唯一的目的么？

这个问题再次令人不安。强作解答，意味着事先放弃径直接近自身的哪怕是些微的冲动，并采取语言敦促我们采取的那种中立的顺从态度；仿佛为了成为语言的一部分，为了仅仅成为追寻其自身被不断延迟之真相的语言，我们都不得不置身于语言之外。

总会有某个背叛不可言说的词语。正是借此种背叛，书写才反常地恢复了自己的尊严。

那么，这种"任何词语都无法表达的先兆幻觉"是怎么回事？——很简单，或许它只是转向虚空、转向死亡的一面镜子的幻觉，任何影像、任何字词都无法再行搅扰；只是镜子深处的一个陌生世界的幻觉，它逃避目光的捕捉，但经由某种大胆之思考的考验和沉默，依旧可以隐约看到其出人意表的、透明的、被非思想的极度偏执所湮没的真实。

话语只能在时间中发展。空无或许只是某种耗尽其所有资源的沉默。只是某种位于沉默边缘的、失音的、盲目的、在自己的地盘里僵硬的、熄灭的沉默。

在这个距离中书写，只能意味着在瞬间重新点燃沉默。

在雅埃尔的边缘
——重读致加布里埃尔·布努尔一封信的草稿（节录）

在我正摸索的黑暗中，您在场，准备投下您的光。

……我一直在读您的信。我打算做出一些札记后再给您回信，依我看，这些札记如今都必须收进那本书[①]里——前提是书的形式不让我感到荒唐或虚幻，或者既不荒唐也不虚幻。故此请您允许我将这封信的主要部分添加进弁言里。这将是我写给加布里埃尔的第二封信，第一封信已收进了《于凯尔之书》。

创世使造物主神圣化。因此，造物主在造物主之后便死了，死于他的虚构之死亡，但他也死于造物主之前，因为他就是创世。

造物主死于创世中，死于创造自己之时；死于以其之死让生命不朽之际：宇宙的生命，我们的生命。

[①] 指《问题之书》的第四卷《雅埃尔》。

因此我们不能杀死造物主。我们只能在造物主中杀死自己，或毋宁说，我们只能接受在他的每一行为中与他一同毁灭。

此即为何那些描述犯罪的篇幅并非在讲述一桩真实的罪行，而是一个如果有可能本来会谋杀造物主的潜在凶手的忏悔；在一个热衷于追踪造物主之踪迹——造物主之理念？——和神圣之语言的疯子的告白中，他内心深知自己十恶不赦，故而会等待审判者（那个警长）的莅临，甚至不会为自己做任何辩护。

起初，我曾设想以某桩偶然的激情犯罪作为切入点，并以该谋杀为契机，将叙述经由文本引向造物主之死，引向作家之死。

我不是始终梦想要写这样一本书？它可以在书之外继续延展，就像要把握住这个外部，在那儿，一切都在诞生前因准备降生而死（比如说，雅埃尔胎死腹中的那个孩子）。

面对窥伺的深渊，在角力频仍的黑暗中心，是否有可能完成此书尚在未定之数……

又及：不是生命在创造，而是死亡在创造。生命是被创造的。

——生命是对永恒、对死亡的绝望挑战。

——创世即创造。创世令造物主神圣化同样意味着：造物主——创世——令被创造的造物主神圣化……

告辞

　　顺其自然，当然。但在此，页复一页，又有什么在持续参与这一运行？是生命、死亡、创伤、欲望、思想、追问、诗性、纯粹的好奇、自信、希望么？

　　显然，这一切旨在通过理性和非理性的尝试，以其可度量的手段和不可度量的雄心去征服写就的文字；但同时，这又是一场奇遇，是一场从一开始我们就无法预见的奇遇：已在进行中的言说——它和已完成的言说不是同一回事——邂逅了无限的言说。

　　（"心灵之风，唯向荒漠劲吹。"）

——罗歇·吉尔伯特-勒孔特

第三卷

| 构筑于每日每时 |

若我之自由不在书中，会在何处？

若我之书非我之自由，会是什么？

真理只能是暴力的。温和之真理不存在。

所有暴力都存于白昼。

死亡，白昼之尽头，亦为暴力之尽头。

对我们而言，非自愿的事始终是不可避免的事。

明天永远敞向明天。真理永远敞向真理。白昼永远敞向白昼。黑夜永远敞向黑夜。暴力永远敞向无休止的暴力。

以书之暴力掉过头来对抗书：一场无情的缠斗。

写作，或许就意味着以文字出征这场缠斗的各个不可预测的阶段，在这场缠斗中，造物主作为不动声色预留起来的进攻性武器，是各家心照不宣的筹码。

1975 年

……书传递出的所有真实——这部分黑暗中，光精疲力竭——仿佛都只是在抵近死亡，而死亡之书写既是幸运，也是厄运；一种通过每个字词和每个字母、通过声音和沉默而变为我们之死的死亡；在那儿，意义无非是赋予冒险以某种意义的那个东西。进一步说，仿佛是这种冒险本身为了获取某种意义而需要词语的深刻意义、需要词语的众多意义，而这些意义不过是词语之光芒的一簇簇火花。

因此，书，为其字词所孕育，活在字词的熟稔生活里，死于它们共享的死亡中。

因此，我们先是被生命中每一秒钟的碎片导引，继而又被其所弃。最终，我们所能见证的就只有这等抛弃了。

1985 年

但丁的地狱

首先，我要感谢罗马大学校长的邀请，让我今晚能有幸向雅克琳·黎赛女士①致敬。

仅凭我对这位作家的尊重，是否足以证明我可以忝列诸位中间？

或许果真如此。但我真是觉得不具备同各位谈论但丁的资格。

校长先生，收到您的邀请后，我当即回复说已应他人之约，无法给您准信，但我会尽力争取今晚和您共聚一堂。

不过，唉，如您所见，我无能为力了，对此我十分抱歉。

随信附上我写的一篇短文——论但丁的《地狱篇》，是我在雅克琳·黎赛那部令人称道的法译本边缘处信笔写下的。现在，在您读此篇文字之前，我要向您重申这部法译本对我们法国人所具有的非凡意义：该译本是一项创造，它非但没有偏离原作，反而在更广域的范围内昭告我们，今日之但丁一如昨日之但丁，依然是我们的现代性中最伟大的诗人之一。

或许这就证明，现代性并不受时间的羁绊。

---

① 雅克琳·黎赛（Jacqueline Risset, 1936—2014），法国诗人、文学评论家、翻译家和学者，但丁研究专家和《神曲》的法译者。

这些微末、简短、脆弱的思考可纳入今晚主题的边缘——纳入一个引发我们关注的文本边缘，这些札记或评述是以铅笔写就的，因为我们还不够自信，或者说我们还未来得及深思熟虑。

地狱不是痛苦的场域。是人的受难之所。

地狱不是恶。恶存于我们内心，它自有其场域。我们不能将此场域认作地狱。

恶无场域可据。当我们说恶之场域存于我们内心时，是想说我们为痛苦安置了应急场所，因为我们的苦难不具排他性；但就苦难本身而言，若无法验证、无法做证、无法论证，总之若不能证其为真，则苦难无存，那受难之人、那为一己痛苦而苦苦挣扎之人，其泪水和呼号无非是内心之痛苦的令人心碎的表现而已。

恶无程度之分。所有痛苦俱为整体。恶是苦难的总成。

手指受伤或拔牙时说"我痛"的人,其所用词语与遭受酷刑而嘶号者所用的词语相同。

可有谁会去比较他们的痛苦?

我们不会说。但外在的表现却是会有的。

将某一痛苦与另一痛苦相比较同样也太过浅薄,哪怕那痛苦出自同一种恶;因为我们无法预判一个人对痛苦的耐受力。我们目睹其人痛苦,但所见不是他在受苦,而是他在痛苦中的苦苦挣扎。

痛苦至极,受刑者的嘶号一如孩子的哭嚷。

绝对地说,痛苦有大小,伤口有深浅;有些痛苦当然可以忍受,可有些生理或精神上的痛苦却是无法忍受的;但所有这些痛苦都被表述为唯一的一个词语:恶。

或许正是因为我们无法定义苦难,所以才需觅得一个可以表述此类痛苦的词语,以便借此强调出某种独特的、确凿的苦难,并借此唤醒我们所有的痛苦。

必须觅得这样一个词语,其内涵丰富,洞悉苦难,且能确切表述所有痛苦,方能让我们更深刻地理解何谓苦难,该词语当允准我们穷极苦难之源,直至其无存之地;因为每一痛苦首先都无疑是无尽痛苦之始。

但哪个痛苦的词语本身能有如此丰富的内涵,足以涵盖所有痛苦?

——或许，举例来说，唯有"造物主"一词，一个空无的词语，它敞向无限，乃至装进整个宇宙都轻而易举。

在"关闭"（enfermer）一词中，在"封闭"（enfermement）一词中，都有"地狱"（enfer）一词存在。
如果地狱只是封闭于恶中之恶，该当如何？
一个如罪孽般自闭的词语？——一个世界？

雅克琳·黎赛在其卓越的但丁《地狱篇》法译本序中提到了奥斯威辛，这个不幸之所，这个令人绝望的恐怖地带，这个地狱，确切地说，于此痛苦中诘问痛苦，只会使任何诘问毫无意义。

奥斯威辛是地狱，在那儿，在死亡那令人恐怖的注目之下，数百万无辜的人沦为一部人造的卑劣、低劣、恶劣、系统化的残暴机器的殉难品，就连已堕落至极的死亡也头一遭感到了憎恶。
是的，是奥斯威辛教会了死亡何谓悔疚。杀戮，最终成为救赎。

罪孽并非奥斯威辛之源。那罪孽不在受害者内心，或许在造物主心中。
所以圣保罗的地狱之火并非焚尸炉中随烟雾升腾的火焰。奥斯威辛的熊熊烈焰不曾净化囚犯的灵魂。只是将其化为尘土、送归虚无。

基督教的地狱被定义为一成不变，没有任何变量能促其发生统一的改变，因为生命中活跃的、富于创造力的死亡于此缺席。它已扮演过自己的角色。它始终肆虐于此。

我们在边界的另一端，在那儿，再无欢乐的时光，再无痛苦的时光。只有永恒的幸福和永恒的苦难。
地狱和天堂不可分。念此必须顾彼。
反之，思考奥斯威辛，就只能是奥斯威辛。双重的封闭。

圣彼得以及两个世纪后的圣保罗都向我们描述过基督教地狱的场景，而但丁以原初之词语的首批词语之力，为我们还原了这一场景。正如雅克琳·黎赛在其最近的《作为作家的但丁》（*Dante, écrivain*）一文中所强调的，此乃纯粹的确认。
这位纯真的诗人让他的导师和向导——他们其实都是其替身——说出了令他错愕的话语，因为这些话语的确是原初的且不竭的追问。
但丁所见，系造物主首次向一个"人"所展示。而他又是把这一切告诉我们的唯一一人。
他目光坚定，面对如许苦难，他依旧心如止水。
但我们对此真能确信无疑么？

人施行正义，能像造物主施行正义一样刚毅不阿么？

在此，我想引用法译本《地狱篇》第八歌中的一段①：

  我对他说："我虽然来了，并不留下；
   但是你是谁？怎么竟这样污秽？"
  他回答："你看到我是一个在哭泣的人②。"

这是人在回应一位偶遇的陌生人，这位从他处而至的诗人与其说无动于衷，不如说怒火中烧。我们来听这一段：

  我便说道："夫子，在我们离开
   这个湖以前，我极愿意
   看到他浸在这污泥里。"
  他对我说："在你看到对岸以前，
   你会得到满足；你这种愿望
   要被满足，那是应该的。"

然而，在第五歌中，我们不是也读到过这样一段么：

  当这个精灵这样地说时，

---

① 译文引自但丁著，朱维基译：《神曲》，上海：上海译文出版社，2013。下同。
② 指腓力波·阿真提（Filippo Argenti）。此人是但丁在《地狱篇》第八歌中提到的一个傲慢骄横的贵族，据说阿真提在但丁被迫离开佛罗伦萨后侵吞了他的财产，还阻止他返乡，还有一说是阿真提曾打过但丁一巴掌。但丁在这一歌中表达了他对阿真提的憎恨。

> 另一个那样地哭泣，我竟因怜悯
>
> 而昏晕，似乎我将濒于死亡，
>
> 我倒下，如同一个尸首倒下一样[①]。

造物主的审判不可抗拒，可一颗泪珠却潸然落下。

造物主展现给这位诗人的，或许不过是这位诗人展现给造物主的。

只有到了夜晚，某种非凡的认知本身才能遽然灿烂夺目。

黑暗的深处总会有一丝光亮，最炽烈的光芒中也总会有一丝阴影。

虚无只向虚无去。虚无遍寻非吾俦。

在我们内心，"一切"期待着我们。

因此"白"始终无法均匀，而"黑"则总能一黑到底。

我以为，我们要思考的正是这种"变量"的概念——进化论的观点与之对应——因为它涉及时间的概念。

但怎样才能在废止时间之地引入时间？换言之，怎样才能让永恒摆脱永恒，以复原被永恒裁抑的时间？怎样才能在维持"暂时"与"永恒"二者完整性的同时，将"暂时"引入"永恒"？

在一切均已提前化解、提前确定之地，该如何思考希望？最后，该如何在一个永恒、封闭的未来中开辟出一条通道？

[①] 指保禄和弗兰采斯加（Paolo et Francesca）。此二人是但丁在《地狱篇》第五歌中描写的一对恋人：美丽的弗兰采斯加因政治婚姻嫁给了保禄的丑八怪哥哥，苦闷的她在与英俊的保禄读书谈心时坠入爱河，当这对情侣拥吻时，被突然出现的弗兰采斯加的丈夫杀死并坠入地狱。

于此创成的炼狱——其发明晚于天堂与地狱——你要汲取其全部的价值、全部的意义。

但丁预感到这些了么？

地狱中，诗人神态凝重，脚步低沉；一旦抵达炼狱，步履会变得轻快、轻盈，天堂在即。

这之后，地狱和天堂间的界线将变动不定。圈与圈之间也更加松弛。

在完美—圆满—不完美—不圆满之中见证自己获得城邦的权利。

在但丁的伟大诗作中，炼狱完全浸泡在受刑者卑微的泪水中；那无比痛苦之泪仿佛水中繁星般闪烁于神圣的"善"与"严峻"之间；诗人虽说凭借对造物主之思的忠诚而漠视和排斥这种泪水，但泪水将依旧浇灌"造物主之荣耀"的阴影下写就的诗之词语。

有了这种方法，我们或许可以斗胆争辩说，虽然天堂和地狱十分契合我们关于神圣正义的观念，但炼狱却完美地将人之"善"与"恶"的系列观念付诸律法。

在这本书漫长而艰难的历程中，但丁重新觅得了创造性的语言。

导引他的是爱，而非求知的渴望，他的向导是一位女人，是他的爱人。她才是他唯一的、真正的向导。

必须从虚无中盗取一个中性的、过渡的场域，才能将选定的灵魂从为人诅咒的卑贱之地带入天国。

一道连字符。连起全人类。

必须有一个以天堂和地狱模式缔造的场域,既非清一色的天堂,也不全是地狱,而是兼具彼此。一处半开放的场域。因为思想所不能容忍、不能接受的,便是封闭。

一处要求造物主在其自身和其造物身上重新创成那个"点"的场域。

人是唯一有情感的么?一个内心从未有过颤动的灵魂会是什么?

残忍是盲目的,我们谴责这种盲目。书写中同样有地狱和天堂。

在这位作家看来,如果炼狱无非是书中所经历过的时段通往某个有待经历的时段的关键通道之图像,甚至炼狱就于此写就,该当如何?

永恒的呼号和哭喊当中,一滴卑微的泪水贯穿于这首漫无涯际、分为三部的情歌,而但丁却为其赋予了这样一个模棱两可的题目:《喜剧》[①]。

在我们骇怪或缭乱的眼前,前人所未睹的事物一一掠过。

下潜黑暗,尔后渐次复见天光,一本书因而成就。

这一神圣的景象经由一位天才的诗人、一位过去和未来的诗人的回想和精心复原而重见天日。

或许,这一现代性无法超越。

如斯之地狱,如斯之天堂,丑与美同在,恶与善偕行。

[①] 16世纪以前,《神曲》名为《喜剧》(la Comédie)。此处的"喜剧"二字并无喜剧的含义,因为当时人们把叙事体的作品也称为悲剧或喜剧。但丁的这部作品结局完满,故称《喜剧》。后来,人们为了表示对这首长诗的崇敬,便在"喜剧"前加上了"神圣的"一词,题目遂变为《神曲》(la Divine Comédie)。

但是还有爱，爱可以为其中一个哀泣，并将自己的光赋予另一个。

或许，地狱便意味着爱的不可能。

此种情况下，奥斯威辛便是极具感染力的例证，虽然某种意义上类似的灭绝营也在持续纵暴，但奥斯威辛仍具有独特的意义，它意味着"爱"面对普世的不幸，于某一瞬间遽然彻悟世间再无其立锥之地，于是便奋起反抗其自身了。

天堂灰烬中，零落成尘的爱之绝望。

终极之恶

他不得不这样说：青少年时代，他看到"恶"以其强势自诩；成年后，他看到"恶"在部分人的怂恿、部分人的冷漠默许下四处蔓延。那些看到危险苗头的人虽然在揭发它，但声音太过分散，从未强大到足以唤醒所有人。

他见过某些国家天降大难，荼毒肆虐而罔顾廉耻。他见过人们失去尊严。他见过不幸的阴霾笼罩世界，男人、女人和孩子在历史的边缘消亡而改写了其个体的历史；那数百万死难者的历史，我们或许永远不知其结局；因为那结局似乎不止一个，因此在我们的哀痛之书中，善意的边缘宽泛如此。

此"恶"有其名：法西斯主义；尔后它又梦到另一个更梦幻的名字，于是自称为：纳粹主义。

这种"恶"会传染，其病毒有时不易察觉，因为病毒在我们的劣根性中觅得了丰腴的土壤。

这种"恶"不是病，而是迷醉状态下的邪恶。因迷醉于邪恶而激发出的恶。

警惕啊。警惕。

如今与这种恶缠斗，既要追踪其原初可感知的表象，也要追踪其不确定的扩展。

疯狂之恶会走向极端么？会出现由疯狂导致并持续的终极之恶么？

唉！我们知道，任何极端都会导致另一种极端出现，风险更高且更难预料。它位于感知的边缘。但是，哦，黑夜，如今是什么仍笼罩在散乱的地平线上？前人所未见。而它就寄身于我们避难的沉默中？

——前人所未闻。

"恶"之中，只有一个更蛊惑的名字。

睁开你们的双眼吧。

竖起你们的耳朵吧。

警惕啊。警惕。

死难者在恳求。

革命

梦想改变世界者总要假革命之名以行。

哎,经常被众多伪先知崇尚的"革命"一词,实则是宣示幸福;但自由、欢乐、和平的来临有如黎明,清澈的曙光浸染着血色,没人知道那是光在流血,还是刺破的夜在流血。

我们的血。

恶在前。微笑的时光或许在后。

关键是二者不得混淆。

黑，状如饥饿

"我们知道饥饿也有其领土么？"

"我们知道。我们知道的。"

"我们知道饥饿本身有颜色么？"

"我们知道。我们知道的。"

冷漠、白色背景之上的黑色、饥饿的词语。

不。空白的页面在任何情况下都不可能是此种遗忘的矩形。恰恰相反。如今空白远比过去多，尽管异常脆弱，但无论何时何地，亦无论暴露或隐藏，对共同的苦难而言，其支撑都不可或缺。

那是投向黑色的新目光。白纸黑字。汗水的词语，唾液的词语，血的词语。

视线脱离这些词语时，我们该怎样用这些非我们所有、确切地说不再属于我们的词语书写？

我们未曾直面死亡之死。我们未曾直面烧灼人骨的焦渴。我们未曾直面吞噬人类肉身甚至连影子都不放过的饥饿：影子直立，瘦骨嶙峋，游荡徘徊，被地平线所觊觎。它无处可去，即便是无主之地也无从占据。

无名。透明。

只需从更高处俯瞰这些骇怪的幽灵；只需从更高处俯瞰这些男人、女人和这些蜷缩在母亲扁平乳房上的孩子；只需从更高处俯瞰他们羸瘦无用的双腿、向虚无伸开的双手和肋骨塌陷的胸脯；只需从更高处俯瞰他们僵硬的脖颈、茫然而深陷的眼窝和空空如也、心力交瘁的燃烧的额头；只需从更高处——如此简便，如此容易——俯瞰那些枯树，俯瞰那些遍布砾石的秃山，俯瞰那片仍为其国土的荒凉土地，我们便会立即发现那半透明天空的莫言之美；那蓝色，那无尽的蓝色，还有那压抑的、执着的粉红色的希望，它来自某个被宇宙所排斥、被抛回自身的人类社群；来自某片如今每个人都深感陌生的土地，而我们很快就忘记了那个令人不安的名字——因为毫无疑问，那名字已变得越来越不可言说。

因此，我们这个星球上便会出现一个或多个不同的场域，那些地方唯有死亡占了上风；对没有面孔的民族来说，那是没有场域的场域，其动荡不安的边界唯有虚无留痕。

羸弱的鸟群似乎相信如此，因为它们的飞行变得异常沉重，且愈发少见它们起飞。

疲倦。衰弱。

对空间而言，重力即是静止，已然便是死亡。

生命有俯仰之轻。生命是运动，是自由，是未知中点和线的通道；是根部的隆起和空无的绽放。在空气向空气开放、土地向土地开放之处，生命是脚步之前先行的脚步。我们知道这些么？一粒种子足以让大地达至蔚蓝。那是所有生长之轻。生长，或许只是与这一空气般的轻之结合。

无声的大地。喑哑的大地。被诅咒的大地。

没有灵魂的大地，裸露在太阳的致命光线下。

曾沐浴于水的荒芜的大地。肥沃且茵绿。

不幸的兄弟啊，不要强忍泪水。也许有一天，你的双眼会因火而通红，你会重觅哭泣的力量。惊喜的大地将为这微薄的液体而感谢你，那液体将落在大地上，你将把它奉献给大地，而你也将再次对大地微笑。

但彼处、此地都是什么？彼处，一些执拗的词语动员起所有能被听闻的声音，以吸引我们的注意；此地，我笔下集结的词语意识到其衰颓，故避辱而逃。是的，彼处和此地，借强加给它们的沉默而冒犯并审判我们的，那是什么？

那是未解之词语。是彼处之词语。如今，当真没有一只耳朵能听到你们么？

聆听竟如此分心。

绝无未来的词语。

Fottara：不幸。

Haray：饥饿。

哦，真是讽刺，这两个其他语言中的词语竟能让我们联想到舞会和节庆。

Bala：磨难。

Balaou：考验。

白上之黑或黑上之白。

声音刺穿沉默或沉默窒息声音。那又如何！这些词语、这种声音，对那些再也不懂阅读也不知聆听的人来说永远多余。

一份多余的文本？打一开始就销毁它吧，因为它永无终结。

为了你的休憩，为了让你在世界公民的良知中酣睡，销毁它吧。

平庸是无言的不幸。

养生是清偿。

安然是无知者的荣誉。

黑上之黑。

白上之白。

渴上之渴。

饥上之饥。

死上之死。

与纳尔逊·曼德拉同在

你离我很近。你自由么?
我离你很远。我自由么?
自由无视距离与时间。
可是,自由只能是暂时的,
具体而言,只能是一片征服的空间。①

想起了纳尔逊·曼德拉,我书中的一段文字又重回脑海。

关于自由的思考——自由似乎是应当被思考的——是如下几行文字:

自由将我与自由相连,我却被它拴住了。

---

① 本段和下面两段引文均引自埃德蒙·雅贝斯《界限之书》(*Le Livre des Limites*)的第二卷《对话之书》(*Le Livre du Dialogue*)。

还有这一句：

憧憬自由，并唤醒他人心中同样的憧憬。这种换位关系中才有博爱：它们不再是制约的因素，而变作共同自由的酵母。
简言之，自由权就是成为与他人同样的人的权利。

似乎这项权利最终才会获得。

栅栏并不总是栅栏。它可以敞向无限。
高墙是待拆的障碍。精神和内心熟知更多的抵抗者。

烟笼雾罩之墙有之。

通往自由的熟悉之墙亦有之。若此墙无存，便无人知晓他至少曾拥有过一次自由。

自由显现于每一天、每一刻。
而那是什么声音？比石墙还厚重，比铁窗还牢固，白昼在此划过，黑夜随之降临。

黎明用白色的双手温暖着囚徒那紧抓铁窗、阴影交错的双手。傍晚用黑色的双手在茫茫夜色中摸索和探寻着同一双沮丧的手。

那被判入狱的人攥紧双拳，就像结论句结尾的墨滴，但绝非是最后一滴。因为，但凡有词语在，新的一行就有待书写，就断然没有句号。

这个字词，这些句子，无论是什么，都是我们的自由。充满生命力的话语，挑战世界，充溢光明。一道光，如此强烈，令人目眩和神迷也好，令人不适和惊叹也罢，都晃得我们睁不开眼。所有光中，唯有那光发自心底至深处。

曼德拉，有如杏仁：对知味者，他是甘甜；对识苦者，则为辛涩。

因为，这名字代表自由。
因为，这名字是晨露滋润的杏树果实，它由仁爱之露水或无数泪雨浇灌。

哦，有了自己的参天大树的民族！这民族见证着他的崇高与坚强，扭动起植物般的身躯在他的舞蹈中起舞。欢腾的大地之魂在他的歌声中高歌。他的歌声与崇敬他的孩子、女人、战士，与一个被奴役之国沮丧的国民一起颤抖、痛苦，正是在此国度，他与他们一同成长。

他为一个托付了自身之民族的生命、为这个民族的每分每秒而痛苦，但他也像这个民族一样，对未来充满信心。一条条充满希望的未来之路，同样是他的根。

如今，一双双种下这棵参天大树的手敞开了，伸向树的枝蔓，不用再期待一句话语的安慰，不用再等待一颗果实的珍贵奉献，但树影下浸透着它们的沉默。于是，在一个归返其无言之永恒的话语中，我们那些无用的话语将在清空内容后速朽。

这一双双执着之手，是一个被沉默塑造的民族的良心。是其唯一的生机。

啊，不要让这一双双手某一天攥紧剑柄。

不要让这一双双手放弃爱抚而选择复仇。

身陷囹圄而苦苦挣扎时，不能将希望寄托于话语。那很可能只是虚无的浮夸之表现。

那话语在朗日蓝天之下绽放。

可沉默呢？又有谁胆敢抨击？

联盟。咬紧牙关。一言不发绝不吐口。保守秘密。保守。坚持。沉默坚拒无资质的话语。不是否定，而是取消。

沉默是真理。这真理深居于一个民族存留的话语中。渴望自由。渴望正义。

曼德拉，一位梦想者，一位思想家，一位英雄，一位烈士，他令那沉默道成肉身，他为那棵参天大树赋予人性。所以他所向披靡。

刽子手怎能征服一个早已化作沉默的人？

结束语

我其实无意总结。总结即终结,而且您知道我痛恨终结。

对我而言,此次会面依旧敞向新的交流。

我们今日的对话将在沉默中继续滋养他人。该对话已然提出了新的问题。我希望我们能离开这个"已然",离开这个充满希望的"已然"。

是的,因为我们之间的确惺惺相惜,这一情感汇聚起了我们的同道;因为在某些幸运时刻,当每个人的追问行将混同之际,所有出席者都会在追问中认知自我。

正是如许原因——当然也有其他原因——让我相信,这一天中我们相互言说的一切,都将构成我们未来关系的核心。

有时候我从心底感到,能亲聆尊言实在大为重要。您肯定心同此感,因为您当时谈到了让书成为自身之场域的某处场域。

我万没料到能与原初之话语如此贴近。书即是起源。

正是通过您对拙作的阅读,我们开始质疑自己。

您描绘出我将要面对的一己形象。直面这一形象不是为了接受或拒绝——那很荒唐——而是要经由我来质疑它。

我们的脸总是由他者——他人——揭示的。但我们真能断定这张脸是属于我们么？那不可能是我们的脸，因为那是他者给我们创制出的形象。但若不是他者揭示给我们，我们又怎能知道自己有这样一张脸？

对于我的书，则必须有一位读者的脸能取代我的脸，此乃作家的两难境遇——而且是作家必须付出的代价，这代价他摆脱不掉也无从逃避——因为那是经由别人昭示出的他的形象。

约四十年前我曾写过，"唯有读者真实"[①]。这在很大程度上说明了我固有的观念，即书属于读书的人。再说，毕竟是读者以金钱为代价得到这本书的。是他买下了此书。

书为读者提供了存在，读者为书提供了存在。

有时书会摆脱我们。它向自己呈贡自身，因而成了无主之书。作者和读者背靠背相互推诿。我们成了自身之创造的牺牲品。

悖论在于，作家陷入匿名的状态，可他的名字却四处流传，并被印制在自己作品的封面上。他遁入读者的混沌状态。谁也不愿公开承认此名日后不过是某种参考、某种真实的商业证明，而所有书均需如此声索，如此流转。

一位作家的脸如果经常被印在报章或其他地方，莫非是因为我们每次发现的都只是一张陌生人的脸，又因其可辨认的特征而总是同一张脸？

书一旦交出自己的主权，就成了孤独的世界。所有阅读正由于这种孤独才重回我们身边。

---

① 引自雅贝斯诗集《我构筑我的家园·词语留痕》。

当我写下"唯有读者真实"一语时,我是否知道自己正和"孤独"一词打交道①?

除此孤独外,还有另一种孤独,即面对死亡和生命时我们始终抗争的孤独。

也就是说,我们从一种孤独转向另一种孤独。为了一种沉默,竟需如许沉默。

造物主是否知道,在他怂恿摩西摔碎约版②时,他是否发现自己将不得不重新拼接起碎片?他是否发现每处破损、每个碎片都在回应其子民的某处创伤?他在自己的话语中将造物与造物联结起来,并将该话语录入了圣书。是人帮助造物主完成这一神圣任务的。

如果神之书与人之书无非是同一本书,该当如何?

摩西带领希伯来人出埃及无非是造物主之所为,因为这些人希望、期望、盼望出埃及,因为这些被压迫、被剥削的人渴望自由,渴望在觅得一片净土之前为自由赋予地位和基础。

旷野便是理想的过渡之地,在此,一个铁了心的民族的自由之话

---

① 法语中,"seul"一词有多种含义:用作形容词时表示"唯一的""独一无二的",用作副词时表示"孤独地""独自地"。
② 约版(les Tables de la Loi),即摩西十诫,是上帝借由以色列先知摩西向以色列民族颁布的律法中首要的十条规定,是犹太人有关生活和信仰的准则,也是最初的法律条文。据《圣经·出埃及记》,上帝在西奈山上单独召见摩西,颁布了十诫和律法,并将十诫亲自用手指写在约版上。摩西下山后,看到以色列人竟然在崇拜一只金牛犊而离弃上帝,愤而将约版摔碎。后来上帝再一次颁布十诫,被刻于约版并放进约柜,存放在敬拜上帝的至圣所中。所罗门王在耶路撒冷第一圣殿建成后将约版置于圣殿的内殿。后来约版失传,可能是公元前5世纪巴比伦国王尼布甲尼撒二世焚毁第一圣殿时被毁。

语与一位全能之神的话语相遇，造物主惊愕于这个民族希冀获救的自发冲动，因为它呼应了自己秘密的心愿。再一次，人行至自己的创造者面前。

没有自由之地不可能有真理。犹太人明乎于此。他珍视的唯有自由的土地。

我不能更详尽地展开这个问题了。我已偏离讨论太远。

不过我还可以再简单地补充一句：这自由取决于您。

一本只能让人读一次的书可能就是一本没有未来的书，因为我们只能书写于当下，而对当下仅有的一次阅读会凝固起这一当下。

一本真正的书既无开端亦无终结。它是永恒之始，它激发不竭的阅读。

开放之书。我们不断往来进出其间。如置身于爱情、友情或温情，如置身于仇恨或反抗，如置身于痛苦或欢欣。何时在内，何时在外？那儿，无内无外，无此无彼，无中心亦无循环，唯有开放。

我们阅读的是已死之物——沉船，还是始终劈波斩浪之物——航船，航船……？

书中如何为作家准备这个自我出口、这条自我通道？当作家开始写作此书时，那通道已在书内还是书外？所有有待书写而已写就的书中，那通道已在书内还是书外？

作家只能为承载他的这一伟大运动做出见证，只能为驱动他与之同在的这一文本的无尽铺陈或展开做出见证。

与书的关系，首先是与未知的关系。正是这一未知向我们传递出构成书的所有词语的悲切呼唤，只有这些词语不再被听闻时我们方能意识到其存在；所有的话语都在证实一句先前之话语的佚失。

其次，书写意味着毁灭，这就有如泥瓦匠翻修房屋，须捣碎旧瓷砖并找平地面后再铺上新砖，而这些瓷砖早晚也将面临毁灭的命运。

但对书来说，它没有土地可依。

词语来此赴死，其目光沿深渊而行。

论诗……

书写，是否像生活那样，总有一些与众不同的幸运时刻？此时，可将"诗"定义为这些时刻之一。

将字符满篇的纸页比作花园，便以为会在玫瑰丛中遽然领悟诗的意象，那就大错特错了。

诗是表象之敌。它归属远古。诗对花园而言毋宁是肥沃膏润之地——神奇的水分蕴藏于土壤深处。它同样可以成为汁液和根。

诗奠定了我们与世界的关系。

当我们于某刻凝望这株玫瑰时，所见已然不再是此株而是另一株，它徒留玫瑰之名，却作为秘密之花在呼召我们；绽放的秘密，虚幻的玫瑰，令我等想象力驰骋无极。

较之我们完备的视听能力，诗鲜少唤起我们的想象力。

诗是创造过程中随创造对我们的吸引和控制而自我生成的。

诗是对某种非创造物的迷恋，是形式从中诞生的非形式，是逐渐成为吾侪之创造的某个非创造物。

诗栖居于我们内心么？此时我们可以自问，作为诗，它是否栖居于我们内心；或者，它根本无存，因为我们不具备充分自我表达的能力，即诗人的能力；不具乎此，我们能否凭一己之力抵达；说到底，诗是否是某种非凡的语言体验？

写作无界限，写作界限并非作家的界限。

无偎之形式窒息于界限。

可是，失去轮廓的形式又是什么？

客体、词语之存在，是因为可以标识其界限。

可是，它们为何又往往逃之夭夭呢？

我们只知道顺从自己的方法抵近它们。

能否说此种不充分的抵近即是形式探险之旅的起点？此类探险意味着深入到形式的不毛之地，在那儿，形式依旧是其自身，且无非是分享的渴望：分享某种尚未餍足的渴望，而我们便在此会合了。

非创造物先于创造，但它始终有待于创造，同时为创造所创建。

诗或许就是"书写"能为且乐为之事。

但我们真懂"书写"之所需么？它想做的比能做的更多，其所需正是这个"更多"。

书写只能面对书写。

茫茫大洋。大洋。

将生命付诸行动，已然意味着向诗敞开。

每位践行者无意间成了诗人，因为诗本身便是超越一切的超越，是一切开端的永恒之开端，它赋予行动以某种意义，对我们而言，该行动的终极意义便是创造。

诗的词语属于书写的行为。此种行为对词语和诗人都具有生死予夺之力。

在这个无法预测的书写行为中，能否思考存在？

所有存在皆被永恒所思考，存在一日，即思考一日。

清醒如白昼。

有没有适宜诗的思考？

我们为何会惊诧于此？

难道没有适宜诗的思考么？

颠覆逻辑的逻辑啊，

迂回之逻辑。

我在某处写过：奥斯威辛之后，我们只能以伤人之词语写作。哲学独自承受不起创伤。这创伤给当代犹太人的思考打上了深深的烙印。

如果说犹太思维已转向诗意，那就意味着不再试图为该思维勾勒轮廓——那无疑是徒劳的——而是面向此种思维全盘开放。

若说诗意是语言臻极的艺术，则造物主的话语只能是诗意的；所以唯有诗方能向我们披露诗意。

每一部诗体书皆为理性之书。

源头之语言，语言之源头，语言之语言，它不仅自爱，且更爱它背负的宇宙；诗之所思，与普通的卵石无异：变得透明，一心成为水晶，成为晶莹剔透的宇宙。

有时，诗如水之浑浊，因一块奇石坠落；有时又如水之澄明，因其清澈而遭诋。

若创伤方为其应有的真实，该当如何？

若创伤方为其首个词语之伤口，又当如何？

是否存在着某种思考的逻辑？这就让我们想到，实现它唯有一条路径；一条王者之路。

但，如果我们知道事实并非如此，那是因为，思考并无路径可言。不可思考并非总是不可超越。语言绝不会无视思考，思考紧随语言亦步亦趋。

路径有某种逻辑。思考皆生成逻辑。逻辑是其自创之果。

有一种挑战逻辑的逻辑，有如一条自变其径的道路；关注它时，必须发掘某种"非显而易见性"并将其框定。它是虚空，还是不可还原的阴影？它或许很清晰，为吞噬它的黑夜困扰，似深藏于秘密中的秘密，逃离觉知，向纯真全然开放。

若奥秘即存于此，该当如何？难道它是沉默的密使？

沉默无法回避。只能跨越。

如果非思考才是思考的唯一证据，该当如何？或许，唯有造物主之缺席才能做出确认。

诗意思维逃避哲学，而哲学自以为掌控了它。对哲学而言，诗意思维在于追求绝对，即生命对生命的追求、人对人的追求。

对思考诗意者而言，对知晓部分诗意者而言——诗意思维乐于提供部分诗意，但少之又少——这就是诗意思维始终神秘的原因，故而没有人能在诗意思维任由思考之地为其厘清轮廓。唯有在其沉沦之境、在其沉没的深渊中方能接近之。

思考毁灭，即是思考救赎。

若造物主借神性来思考自己，那么人也只能借神性来思考自己，只能借以神为原型的人来思考自己。可如果神令人着迷的诱惑不过是人不可逾越的自我超越之渴望，不过是人窥探完美以接近完美的唯一机会，该当如何？造物主并非渴望中那至高无上之客体，而是无客体之渴望：他于期望之巅照亮了某个愚昧而执着的渴望。

假如诗意思维恰恰只是对迂回的思考、对周界的思考，而又出于担心燃烧的正当恐惧而身陷这场无休止期待的中心之火，该当如何？

死亡在思考的中心而非终点。

所有思考皆从其灰烬中重生。

既然造物主有造物主的思考，人便一定会有人的思考，而人的思考必然独立于造物主的思考。此时造物主该做何评判？

既然宇宙有宇宙的思考，卵石便一定会有卵石的思考：在隔开它们的空间中，有待思考之所有事物的全部希望傲然挺立，一支笔足以昭示其起伏的轮廓。

虚无的同谋，空白的同谋。

是否存在着某种关于同谋的思考，就像存在着关于爱的思考、恨的思考和反抗的思考？是否存在着某种无关爱情、仇恨、死亡，却又于每一思考中都在自我思考的思考？那皆是有关爱情、仇恨、反抗、生命和死亡的思考么？

换言之，难道我们和宇宙、造物主、人类、万物的关系最终都不过是思考与思考之间的关系么？

事物可作为事物之思考而非思考之事物来思考么？

如此说来，思考生死，便是要对生死自身之思考做出赞同或反对的思考。如此说来，言说生死，便是要首先聆听生死对我们的言说。

但如果我们内心深处的一切都在不知不觉中被思考，那么思考面对的是否只有纠缠我们的陌生的思考，而这些陌生的思考或许不过是事物对我们的所思所想的终极反抗？思考是否正与排斥它的思考抗争？

如此说来，我们思考的对象本身即是特定于该对象的思考，如今轮到我们从内到外，对这种"未及言表"的思考、对这种词语行将对垒的"不可言表"进行思考了。

叙事滋养思考：无论是叙事本身，还是在我们专心或冷漠、吃惊或恐惧的眼前展现出的叙事。

思想在思考，并在自我思考中成形。它位于叙事之源，源头伴随思考，思考伴随源头。叙事终结之地，思考必死；因为思考之路便是其创成的叙事之路。思想史的脆弱性与我们的思考混同。

此即钟情词语之词语的幸福史或悲惨史，诗意思维困扰哲学，而哲学恰恰关注与此种困扰周旋。

正是诗意思维表面上的随意性困扰着哲学；此乃其庄重之"轻"，它忘了这种"轻"能让其飞之弥高，行之弥远。

但原则上该如何思考那难以捉摸、不可企及因而无法想象的事物呢？不过，思想的降临与其战胜"未知"有关。其降临就是胜利之本。理解"非思想"乃其天职。

哲学意识到自己的无能，便极力贴近诗意思维。但如果哲学仅仅是对"可能"进行思考的某种可能性，该当如何？故而在诗意思维面前，哲学只能是该思维的终结，只能为其所困。

思考的能力有限，无法直接操控语言，因此只能思考语言实时的、可预见的表现而搁置其他因素，不仅要撇开那些对语言之表现的论证，还要撇开那些在所有话语门槛上不断给语言揭开面纱又蒙上面纱的行为。

要警惕一种穷凶极恶的死亡，那死亡漆黑一片，总在逃避白昼；在那儿，思考如一只软木塞，漂浮于苍茫的虚无之海；在那儿，死亡也不再是漫长的弥留，而是铭刻于此的已死之死亡。

对那个邈远而至、令我们惊愕和着迷之物，对那个徒劳期待却久已无存之物，若不把我们更喜欢留给自己却永远也不会使用的那个名字——那名字表示不朽——给它,还能给它哪个名字?那是一个在名字否认命名之际现身并让那名字爆裂的名字。语言借此否认获得了自己的理性和权威,从此不再自我言说而只凭否认言说;在此紧要的阶段,在此难忘的高度,命名不过是为实现宇宙融合而产生的未竟之渴望,是为保守自身秘密而产生的陶醉。

因此,思考语言,也就意味着对不可逆的语言之黑夜进行思考,意味着对其拒绝表达我们的合法性进行思考,在这一拒绝中,最重要的是拒绝死亡。

一个名字,宛若地平线上显现的一轮红日。那是名字神圣缺席之处的缺席的名字。

这个没有词语的词语并无公认的往昔或未来,但在它面前是"未能言表"那炫目、孤独、孱弱和无边的谨慎。

对思考的检验便是其存在的明鉴。

我们针对遗忘而思考。

思考不是理性。它是思考者的某种深思熟虑、引人注目和思辨的行为。它不同于理性,不受原理之约束。它没有结构。其结构便是其所陈述之语言的结构。

但如果思考不是理性,则理性能为其提供保障,此系合理的精神行为。是世上的某种内敛的选择。

思考是意识的灵光乍现,是抵近宇宙和人的捷径,在此,宇宙和人任由思考,但只能通过必要的和事先接受的方式才能做到。

当我们推理时,我们会诉诸何种理性?

每一思考是否都有其自身逻辑？严谨的推理仅依赖于思考本身。那也是断裂的深度。

此外，是否还有其他思考方式？

在路径选择上，科学和诗意的逻辑各异。前者从一开始就采取了最直接的方式，而后者则偏爱迂回前行。

它们同样纯真。

以火引火。

思想是"一"，有若死亡。

思考与诗之间，是满怀敬畏的犹太人。

对众多作者而言，犹太人的书中有一个思想者和一位诗人——同一个人——而作为证人和守护者的则是造物主。

犹太教在其实践中是否只是重启阅读一本书的奇迹？此书的起源来自造物主的沉默，其未来则是造物主的话语。

此时，这位世界之主以其无能在语言中守护一切。

"绝对"中，恶、善、痛苦、欢乐、生命、死亡皆无法自我思考。它们有如善或恶、痛苦或欢乐、经历过生或死那样被思考。

见证苦难时，我们可以说：

"啊，这个人多遭罪啊！"——但我们不能说这就是苦难。

我们可以说："我在受苦。"——但只能表达出自己的痛苦。

在此，唯有意象最为重要。唯有意象可以被思考。

但我们无法表达出自己全部的痛苦。

有一部分痛苦——我们的痛苦——只有我们自己才懂；这就像呈现在我们眼前却看不到甚至无从想象的所有事物一样，我们只能思考。

我之欢乐、我之痛苦皆独特，却可通过表达而识别。

要思考的是表达而非事物，但对只有通过自身体验才能思考的事物，我们该如何思考？

以自身取代他者，进入其幸或不幸，意味着融入其叙事：融入其讲述给我的叙事。

那绝非他者的幸与不幸，而是他者向我揭示出的我的幸或不幸。

想象超越思考。想象无助于思考，但有助于梦想。

沉默的声音

——向米歇尔·德·塞尔托[①]致敬

献给米歇尔·德·塞尔托的作品中,唯有我这些随手记下的交谈笔记能更忠实地再现他,而这些交谈已被骤然而至的死亡所打断。

米歇尔不在了,却依然活着,他活在记忆里,也活在我们心中,其作品继续呼唤着我们。

如今他的话语依旧沐浴着黑夜与光明;光明,是这位令人钦敬的大师的思想;黑夜,则是这位故友的安息之地。

近年来,传统哲学已在哲学之外迈出了决定性的一步,以应对"不可言说"。

这个"之外",不是哲学意义上的,而是诗意上的。

每一种伟大的思想都有"诗"居于其中么?

[①] 米歇尔·德·塞尔托(Michel de Certeau,1925—1986),法国哲学家和历史学家,其研究涉及哲学、神学、历史、心理学等诸多领域,《神秘主义的诳言》(*La Fable Mystique*)是其研究 16—17 世纪基督教神秘主义的历史学专著。

如果诗的行动不是至高无上的理性行为,又是什么?

语言在其寻求超越的过程中,始终与语言抗争。

"不可言说"令语言衰颓。

"绝对"即存于"不可言说"当中。

规避写作。

思考和质疑书写,导致书写难以为继,仿佛书写已乐于变得可读。

晕眩。

缺席。在圣名的无限缺席之中,那神圣的名字是否开始燃烧并发光?

再说,我们能思考缺席么?一个局限于自身的思考又能是什么?

造物主同样没有思考自我,却将无法缩减的缺失赋予自身,以挑动思想与非思想对峙;他内心中仍蛰伏期待,希望能在自身的永恒和不可思考中历尽艰辛险阻以实现思考……

所有思想都在那词语中思考自我。体现该词语的句子只能借该思考展现自我,而该思考本身也须反向自我思考。

犹太人熟谙这种思维方式。

每个犹太人内心都会有思考思想家的犹太人和思考犹太人的思想家。一个质疑另一个。

他们为同一个翌日而联手。

此乃胜利之孤独中的问题之惨胜。
阴影只质疑太阳。黑夜是被拒绝的答复。

若哲学真的是"理性的实践",是"相对于历史与诗歌的全部理性知识",那么犹太教则会教导我们说,还可能存在着另一种推理;一个超越理性的理性。我们称之为不合理的理性,这种理性只能是不合理的,因为理性并不能勾勒出它的轮廓——此前它始终在反抗理性的勾勒,以免被理性旋即吞没。

犹太思维更多地转向了诗意的思考——与逻辑、路径相结合——而不是转向与之合二为一的道德伦理。从这一意义上讲,犹太思维认为伦理源于诗意。

说犹太教是一种伦理,从某种角度是说犹太教的确是犹太教,但它有将伦理简化为犹太教的风险;这最终意味着伦理在某种意义上是犹太人的,而对伦理的思考也就是对犹太教的思考。

说犹太教转向了诗意,意味着诗意是犹太教的未来,即犹太教发展变化的未来。

正如犹太教的注释者们注意到的,在此推论中存在着所有诗意的变化、诗意的无限。

如此说来,研究伦理有待于诗意,反之亦然。诗意有如伦理;幸亏有了作为语言之艺术的诗意,有了作为自主之语言的诗意,"不可言说"

或许才有了被言说出的机会。

造物主正是从这一"不可言说"中开始言说的。

（一首道德之诗或一种诗之道德）。

任何遗忘的思考中都有关于丰饶之地的思考。风化。

犹太思维植根于"不可知"；它面对的是作为"已知"之往昔、"已知"之变化的"未知"；因为在默契如斯的维度上，犹太思维涉及的不再是认知问题，而是聆听和质疑横亘于书之内心的天启之声，是阅读其踪迹和评判吾侪自身之阅读。

犹太教的忠告和犹太人的信息均已存在于这一符号中，存在于从这一符号发出的声音里。

犹太人的时间是由其文本存在的时间所规定，所以要在其发掘自身不可剥夺之未来的地方确认这个"已存在"。

对犹太人而言，那显而易见的证据便是缺席。是那个看不见的造物主，是造物主的不可见性，是原初之空白处那完美无瑕却又不可见的字母，是缺席那沉默的声音。

造物主将其文本镌刻在了圣书的"不可读"之上，故而造物主的文本因圣书的不可读而变得可读。造物主同样是那个字母的缺失。

"évidence"（证据）当中有"vide"（虚空）。犹太人从来都明乎于此。这就是为什么他在看这个词语时，证据便消失了，只见到虚空，只见到深坑，只见到鸿沟或深渊。

但既然如此，除了一切思考之虚空，除了从一切思考中被清空的那个最后之词语，还能如何思考虚空？如果那词语就是"死亡"，该当如何？

造物主的话语只能幸存于话语无存之地。

造物主将人托付给人，将圣书藏在其造物的书中。
犹太人通过日诵其书而建立了与他人和这个世界的联系。
通过一份隐藏的永恒之文本。
因此每个词语都不过是某个缺席之词语的留痕。

哲学于此失去根基，倒地不起。
犹太思维正是在这种无可回避的无限中，在这种隐约可见、无法估量、摆脱了哲学话语的虚空中，有如天生孱弱的思维那样思考自我。

那思维再无根基，再无倚靠，它在禁令的门槛前徘徊，试图抗命，不为回避，只为在失败中思考自我。在那儿，那思维无非是难以想象之思维的不可抗拒的渴望，无非是寻找渴望中的那飘忽难逮之对象的渴望。

但假如这无限之爱的对象恰好是全部贪欲求之不得的对象，恰好是那个因其独一无二而不可分割、却在共享前已被共享的对象——造物主——该当如何？而且，如果造物主也在所有阅读的中心、在其自我表达之地不再表达自我,又当如何?

犹太思维中,除了提给造物主的那个永恒的问题之外,还有对万物崩塌之际残留之物的痴迷,那些残留之物只能存在于圣书的词语中,而那部圣书虽历经劫难,仍将永远存在于我们书中那些转瞬即逝的书页里;还有对某种深不可测之缺席的不断复苏的迷恋——令人着迷的未知,甚至不被"未知"所知——在那儿,造物主用饱浸墨水和鲜血的字母书写下自己那个难以辨读的名字,而这难以辨读之名即构成了我们的名字;它将未来之力赋予那最终的缺席;甚至将不可冒犯的造物主之名赋予人类的冒险;因为我们知道,任何不免被涂抹的名字都不会随着自我抹除而被抹除,而造物主只能是那一位抹除"抹除"者。

在这些透明的领域,犹太思维由诗意引领,得以发展和演变。

创造是诗的现实,是其神秘而无可争辩之证据的体现。

诗在哲学屈服于"绝望"之地恢复了思考,只要有一个惊喜的字词意欲否认诗,思想便永无止境。

真正的可读性

1935年，我经马克斯·雅各布介绍，认识了居伊·莱维·马诺①。再见到他时，已是1937年，我是和保罗·艾吕雅一起去的。居伊·莱维·马诺那时已经是我的出版人了。

此后，我只要去巴黎——当时我还住在开罗——就一定会去惠根斯街（rue Huyghens）6号和他聊天，看他工作。我很熟悉他出版过诗集的那些诗人。他们的诗集我一本不落都买了。

对他而言，书，首先是书暗中期盼已久的场域。在该场域中，书面向阅读敞开自我，将自我奉献给潜在的读者。

书也是居伊·莱维·马诺这位发现者——他同样是一位敏锐的读者——始终寻觅和念念不忘的一处场域；他像所有真正的诗人一样，是一位诗歌读者。

对诗作者而言，是居伊·莱维·马诺将其诗歌手稿（或是打字稿）变成了铅字，这既是惊喜又是启示。诗作者骤然发现自己遇到了另一个

---

① 居伊·莱维·马诺（Guy Lévis Mano，1904—1980），法国诗人、翻译家和出版家。

文本，当然，和他的文本一样，但却是他确信不疑的文本。

我们常常不知道，一个字词须由几个量身定制的字母构成后方能被眼睛敏锐地感知。眼睛从不被动。它从不满足于记录。它要变成它所见之物，而我们只能看到它变成了什么。也就是说，我们所见之物已恢复了其真实的维度，即依其愿望恢复了秘密轮廓的那个词语。

可骤然间从手稿来到文本中的书写，那变细或是变粗的字迹从何而来？又比如，一个占主导地位或融入整体的词语又从何而来？

为什么我们会强调这样一个字词而非另一个？

无论是需要词语高调或低声地表达自我，还是作者出于大胆或谨慎而希冀特立独行地反省自己，居伊·莱维·马诺都充分发挥了一己特长；这是一门基于听觉和视觉的艺术。

我由此想到，那些古代的书吏、那些抄经人、那些心有灵犀的书法家，他们的手有时候和造物主之话语中的那个字母、那个文本如此抵近，因此容不得半点疏忽。

我们都知道《摩西五经》[①]的经卷容不得任何错讹。错写一个字符将导致文本失去其神圣的属性。因此但凡出错须立即销毁。这种权威书写

[①] 《摩西五经》(*Sefer Thora*)，又称摩西五书、律法书、摩西律法或托拉，是犹太人对《圣经·旧约》最初的五部经典——《创世记》《出埃及记》《利未记》《民数记》和《申命记》——的称呼，是犹太教经典中最重要的部分，同时也是公元前6世纪以前唯一一部希伯来律法汇编，曾作为犹大国的国家法律规范，即便在犹大国亡国后也依旧以习惯法的形式自动调节犹太人的生活。传统上一向认为，这五部经典是摩西接受上帝的启示而撰写的，内容是古代以色列人的民间故事，记载了以色列民族的起源，尤其是创世的上帝对他们的启示，其主要思想包括六个重要的教义：上帝的创世、人的尊严与堕落、上帝的救赎、上帝的拣选、上帝的立约和上帝的立法。

确保了文字的准确性和造物主之言说的完整性。

居伊·莱维·马诺的出版物就是如此。我确信经他手出版的作品，体现了中世纪卓越的装饰画师们传承下来的严谨的圣书抄写传统，他以此告诉我们，对一位资深的出版人来说，文本的构成取决于他对文本的阅读。这就是他想提供给我们的理想的阅读：一次亲密而又堪称经典的邂逅。

雅克·杜宾

1951年，一次途经巴黎时，我结识了雅克·杜宾。那时我还住在埃及。

当时，居伊·莱维·马诺刚刚出版了他的一部薄薄的诗集，书名既神秘又清新：《旅途中的烟灰缸》①。

有烟灰缸就得有烟灰，这些灰烬采撷于旅途，采撷于人生的某些时刻，采撷于某种剪不断理还乱的过程中。于是，伴随着缭绕的烟雾——青烟，青烟——诗的每个词语逐渐抵近我们。

我记得是勒内·夏尔送给我这本珍贵的、薄薄的小书的。我敢打赌在拿到这本诗集前我就梦到了书名。

一旦关注了某位作者，无论其年轻抑或名家都不会再忘掉。我们随后会根据最初的记忆去阅读他的作品。

所以只要这位作者的新书未能回应我们某种潜在的期待时，我们就

---

① 《旅途中的烟灰缸》(*Cendrier du voyage*) 是雅克·杜宾的第一部诗集，出版于1950年，勒内·夏尔为这部诗集作序。

会感到失落。

所以有些作家能伴我们始终前行,也有些作家会因为我们自己的过失而掉队。

我经常自问,阅读一位作者的新作时,以前读过的他的作品是否会以某种方式扭曲我们的阅读,是否会影响我们的阅读。我们对此束手无策。

可以说,三十多年来我从未停止过阅读雅克·杜宾,我赞许他以各种形式创作的诗,他的诗永远发自内心,尽可能地贴近秘密,即贴近内核。

  就像在两块消失的
  石头中间碾碎杏仁。

杜宾曾这样描写过布拉克[①],而他的另外一句:

  诗人只能是渡河者

则无疑是他在无尽漂泊的门槛上不知不觉或无意中引用了"渡河者"这

---

① 布拉克(Georges Braque,1882—1963),法国画家和雕塑家。

个希伯来名字的，因为希伯来语中的"希伯来人"与"渡河者"同义①。

但这种漂泊会把他带到哪里？直到何方？

不能走路时，是脚而不是路出了问题。

雅克·杜宾的探索之路充满艰辛。但凡上路便意味着永无停歇。砾石遍地。无始无终。

因此，此等尖锐的话语，此等话语所需要的力量，其每次需要克服的障碍都不在眼前，而在内心。

除却悬而未决，便是难以忍受。

这种悬而未决存乎于生命的内心，是在

难以辨认和黑色的
荒漠边缘，在
树的边缘

发生的一场永恒的、血腥的战斗。

---

① 渡河者（passeur），据《圣经·创世记》第12章，亚伯拉罕带领他的族人来到上帝应许给他们的土地——迦南，原先居住在迦南的当地人称来自幼发拉底河畔的亚伯拉罕一族为"希伯来人"（Hébreu），"希伯来"的词义为"另一方"，"希伯来人"即"从河的另一边来的人"的意思。

剥离到极致，不断谛听宇宙，谛听自己的内心——这种谛听需要最大限度的剥离——雅克·杜宾的书写通过这一剥离回归自身，在内心展开，在那儿，他的书写引领我们在其惨烈的痛苦与繁星满天的黑色苦难中揭示自我。

如今，轮到我们必须在其作品深处与之相对了。

  而那同样的词语闪闪发光，驱赶并集合起我们
  那种子，那过度的力量，那欲望。

梦
——献给玛丽·格勒尼埃[①]

我梦见了让·格勒尼埃。

我面前,是一架楼梯,

那最后几级几乎

难以辨别。

可我们知道这楼梯

就从这几级开始,

——可,从哪里?

而让——他脚下有

一点点灰烬——;让,他站着,

幽默地说:

"当然,一架楼梯,

[①] 玛丽·格勒尼埃(Marie Grenier,?—1991),法国哲学家和作家、加缪的哲学老师让·格勒尼埃(Jean Grenier,1898—1971)的妻子。

是用来上下的。

整件事——不用说——是因为

知道我们在哪里。"

"楼梯是用来上下的

一连串刻度。"

——让·格勒尼埃

《楼梯》(*L'escalier*)

这是真实的梦,我如实述说。

那天晚上临睡前,我曾在自己的笔记中整理过这位故友的旧作,于是,他现身了。

路易吉·诺诺 [1]

路易吉·诺诺：一个名字。一部音乐作品。名字般的音乐。音乐般的名字。那是大概三十年前。

作品开道，而道路不可测。途中，作品停下过一两次，继而又盲目地向着某个目标前进——目标永不是终点——只是经历的阶段。

话语的未来取决于感知的人。一旦被言说，就要冒讨好或不讨好的风险，就会被评判。另一方面，又有哪种思考会避开白昼？思考的白昼就在思考自身，思考在此主张自己。将一己思考付诸实践，意味着思考与现实结合；意味着进入生命，将一己生命敞向我们的生命。

我思考，于是我的思考中充满话语。我倾听，于是我的思考中充满沉默。因为话语和沉默都在被思考，它们因而在此相遇并融为一体。在最亲密的存在中。

或许，音乐的思考便是思考的音乐。

---

[1] 路易吉·诺诺（Luigi Nono，1924—1990），意大利作曲家。

那是大概三十年前。我第一次接触路易吉·诺诺的音乐。无心的发现。从那时起，我会常常聆听他的某部申诉式的作品、某部反抗式的作品，并感到我在和他交流；在我看来，他的音乐不仅深深植根于我们这个时代，而且时不时地透过对某种庞然孤独的遥远而隐秘的呻吟——某种哀伤之呻吟，其名几经变换，如今再也无名——激励我们去接受新的信念和希望。

他的沉默中，不竭的沉默徘徊回荡；我的内心里，他的面容从此亲切异常。

每念及此，我仍感震惊。难道他的作品看上去没有那么孤独么？

后来我知道我没搞错。我始终了然于此。

路易吉·诺诺与沉默的关系堪称典范。它关乎无限、不可想象和不可超越，而其追求又是如此大胆、如此冒进。要让沉默言说。若想要沉默保持沉默则意味着取消限制，为诘问留足空间。要让沉默以沉默言说，要让沉默以曾谛听过的深不可测的沉默——问题皆瘗埋于此——保持沉默。这沉默最具决定意义，生与死于此永远对峙，赋予生命为的是夺走生命。来世，意味着永恒的空无，即虚无。

此处的关键是"存在"对宇宙的这一回应，而宇宙只能被某个问题转化。

走向沉默，意味着与未知、与未知的事物角逐。不为学习我们所未知，恰恰是为忘却，这样才能谛听我们沦入其中的无限，才能谛听我们的毁灭。生死皆存我们心中。生与死，意味着在同一觉知中同生共死。

如果创造恰好就是觉知，该当如何？
没有任何一部当代作品能像路易吉·诺诺的作品那样大彻大悟。

很长一段时间以来——我曾以为看走了眼——我们看到了一位战士的作品，一位笃定的作曲家的作品，他关心的主要是社会问题。这意味着要抛开无情的自我质疑，不为任何事情所扰。所以他的每部音乐作品中都有难以言表的延展。

需要研究的正是这些延展。确切地说，从沉默开始，这位作曲家便每每发现直面自我。

路易吉·诺诺的作品颇具颠覆性，因为他只想表达那隐藏在被展示之物中的东西。低语有时比高呼更能引发共鸣；但这些共鸣是内在的。我们必须深入自己的内心，才能把握其极度脆弱的一面。如果说这种脆弱是我在这位伟大的作曲家的作品中感受到的某种谨慎的抖颤，那是因为他善于将力量化作软弱，将软弱化作力量，而不是任其相互抵消，有如他通过镜像操控游戏，让这一切在其执着的虚无中直面相对。

那是一年前。在我家里，我头一次遇到一个人，他的沉默中回声万千，那万千或远或近的声音，无论远近，皆为我等所期盼。我们的目光告诉我们——实际不必——走过的旅程。我们深情地握手。仿佛"书写"被突然辨识并融入音乐之中。

读者眼中的报纸

有位记者问过我,与他人交往中若沟通过于激烈,此时对我来说什么才最重要?我毫不犹豫地回答说:低语。

低语,意味着寻求倾听,意味着让四周的人安静;意味着让他人无所倚靠,只能由我们为其导向;而此时我们唯一所恃的,唯有我们自己的声音。

我们错误地以为聒噪可以借姿态和话语来保护我们。我们庶几不能相让。我们自以为不那么脆弱。可我们不知道,唉,不知道自己已然窒息。

求助于沉默。浸入其中。阅读就是如此。

这就是为什么我一直更喜欢报纸而不是其他媒体的原因。

我每天都要浏览自己订阅的报纸,在特别感兴趣的事情上会多花一些时间,我可以从容地审视发生的事件,更好地了解时事;我也可以于静谧中思考那些提给我、要我回答或评论的事情,无论是政治的、文化的还是文学的或艺术的,尽管我读到的东西都有时效性,甚至有些内容因其性质而过于肤浅。

在阅读允许的距离和范围内葆有阅读吧。

一份好报纸可以拥有万千拥趸。但在读者眼中它永远是自己的那份报纸。

向……作答·对……负责

向……作答，对……负责。

我相信，一位作家甚至对自己未书写的东西也负有责任。

文本通过自问和向我们提问而向文本敞开。

它在作答——或试着向我们的期待作答，以便对自己负责。

文本的实践即存在的实践。

钻研词语，意味着钻研自身。

我是我书写的那个人——他用写下我的那些词语写下他自己。

我是语言——我与语言同龄。

我是话语，那话语在表达自身的同时表达了我。

书写，意味着向过去所有存续的声音作答，也意味着向我们自身作答；深沉的声音，亲切的声音，呼唤着未来。

我所相信、所听闻、所感受的，就在我那些言说它们的文本里——有时文本并非完全言说它们。

但我们的言说中未能完全言说的是什么？我们试图保持缄默的是什

么？我们不能说或不愿说的又是什么？事实上，那才是我们想要言说的，但我们言说出的一切都被似是而非的言说所壅蔽。

对这些未被言说之物，我们负有重大的责任。

译后记

20世纪的法国文坛巨星云集，大师辈出。其中，集诗人、作家、哲学和宗教思想家于一身，与让-保罗·萨特、阿尔贝·加缪、克洛德·列维-斯特劳斯并称四大法语作家的埃德蒙·雅贝斯绝对是一位绕不过去的人物。

先看看诸位名家如何评价他吧：

勒内·夏尔说，他的作品"在我们这个时代里是绝无仅有的……"；

加布里埃尔·布努尔说，"信仰的渴望、求真的意志，化作这位诗人前行的内在动力。他的诗弥散出他特有的智慧、特有的风格……"；

雅克·德里达说，他的作品中"对书写的激情、对文字的厮守……就是一个族群和书写的同命之根……它将'来自那本书的种族……'的历史嫁接于作为文字意义的那个绝对源头之上，也就是说，他将该种族

的历史嫁接进了历史性本身……";

哈罗德·布鲁姆[①]将他的《问题之书》和《诗选》列入其《西方正典:伟大作家和不朽作品》(*The Western Canon: The Books and School of the Ages*);

而安德烈·维尔泰[②]则在《与雅贝斯同在》(*Avec Jabès*)一诗中径自表达了对他的钦敬:

> 荒漠之源在圣书里。
>
> 圣书之源在荒漠中。
>
> 书写,献给沙和赤裸的光。
>
> 话语,萦绕孤寂与虚空。
>
> 遗忘的指间,深邃记忆的回声。
>
> 创造出的手,探索,涂抹。
>
> 当绒蓟死去,声音消融。
>
> 迂回再无踪影。
>
> 在你在场的符号里,你质疑。
>
> 在你影子的垂落中,你聆听。
>
> 在你缺席的门槛上,你目视神凝。
>
> 再也没有了难解之谜。
>
> 荒漠之源就在你心中。

---

① 哈罗德·布鲁姆(Harold Bloom,1930—2019),美国作家、文学评论家。
② 安德烈·维尔泰(André Velter,'1945—),法国诗人、文学评论家。本诗选自其诗集《孤树》(*L'Arbre-Seul*),法国:伽利玛出版社,1990,第150页。

古人云："颂其诗，读其书，不知其人，可乎？是以论其世也，是尚友也。"我们只有了解了雅贝斯的生活思想和他写作的时代背景，准确把握其所处时代的脉搏，识之，友之，体味之，或许方能有所共鸣，一窥其作品之堂奥。

埃德蒙·雅贝斯，1912年4月16日生于开罗一个讲法语的犹太人家庭，自幼深受法国文化熏陶。年轻时，他目睹自己的姐姐难产而死，受到莫大刺激，从此开始写诗。1929年起开始发表作品。1935年与阿莱特·科昂（Arlette Cohen，1914—1992）结婚，婚后首次去巴黎，拜访了久通书信、神交多年的犹太裔诗人马克斯·雅各布，并与保罗·艾吕雅结下深厚的友谊。

他与超现实主义诗人群体往来密切，但拒绝加入他们的团体。

第二次世界大战的残酷惨烈令雅贝斯不堪回首。战后的1945年，他成为多家法国文学期刊特别是著名的《新法兰西评论》①的撰稿人。

1957年是雅贝斯一生中最为重要的转折点：1956年，苏伊士运河危机②爆发，埃及政府宣布驱逐犹太居民，四十五岁的雅贝斯被迫放弃

---

① 《新法兰西评论》(*La Nouvelle Revue française*)，法国著名文学刊物，1909年由诗人、作家安德烈·纪德（André Paul Guillaume Gide，1869—1951）等人创办。

② 苏伊士运河危机（la crise du canal de Suez），又称第二次中东战争、苏伊士运河战争、西奈战役或卡代什行动。1956年，埃及宣布将苏伊士运河收归国有，英国和法国为夺回苏伊士运河的控制权而与以色列（为打开苏伊士运河使以色列船只得以通航）联合，于1956年10月29日对埃及发动军事行动。在国际社会的普遍指责和美苏两国的巨大压力下，英法两国于11月6日被迫接受停火决议，以色列也在11月8日同意撤出西奈半岛。英法两国的军事冒险最终以失败告终，只有以色列在一定程度上达到了自身目的。这次危机也标志着美苏两个超级大国成为主宰中东乃至全世界的力量。

了他在开罗的全部财产,举家流亡法国,定居巴黎,直至去世。惨痛的流亡经历令雅贝斯刻骨铭心,对他此后的思想发展和创作轨迹影响至深。

身在异国他乡,雅贝斯将背井离乡的感受化作文学创作的源泉,他的作品充满了对语言的诘问和对文学的思索,并自觉地向犹太传统文化靠拢。雅贝斯后来谈到,正是这次流亡改变了他的人生,迫使他不得不重新面对并审视自己的犹太人身份,并促使他开始重新研读犹太教经典——《摩西五经》、《塔木德经》[①]和犹太教神秘教义"喀巴拉"[②]。雅贝斯说,在流亡中面对自己犹太人身份的经历以及对犹太教经典教义的研究,正是他此后一系列作品的来源。

1967年,雅贝斯选择加入法国国籍。

雅贝斯是一位书写流亡与荒漠、话语与沉默的作家。针对德国哲学家西奥多·阿多诺关于"奥斯威辛之后没有诗歌"的观点[③],雅贝斯认为

---

① 《塔木德经》(le Talmud),犹太律法、思想和传统的集大成之作。公元1—2世纪,犹太人恢复独立的愿望被罗马帝国粉碎,于是将目光转向传统律法的研究和编纂。以后各个时代的判例和新思想都汇入到了《塔木德经》之中,使分散于世界各地的犹太人得以跨越距离、风俗和语言的差异,通过《塔木德经》而紧密联系在一起。《塔木德经》有两个版本,分别为3世纪中叶在巴勒斯坦编纂的耶路撒冷版和6世纪改订增补后的巴比伦版。

② 喀巴拉(La Kabbale),希伯来文"הלבק"的音译,意为"接受传授之教义",表示接受根据传说传承下来的重要知识。13世纪以后,"喀巴拉"一词泛指一切犹太教神秘主义体系及其派别与传统。

③ 西奥多·阿多诺(Theodor Wiesengrund Adorno,1903—1969),德国哲学家、社会学家、音乐理论家,犹太人,法兰克福学派第一代的主要代表人物,社会批判理论的理论奠基者。他在1955年出版的文集《棱镜》(Prismes)中有一句名言:"奥斯威辛之后,写诗是野蛮的。"

纳粹大屠杀的惨剧（以及苏伊士运河危机中的排犹色彩）不仅有助于探索犹太人的身份及其生存的语境，也是反思文学与诗歌固有生命力的重要场域。阿多诺将大屠杀视为诗歌终结的标志，雅贝斯则认为这正是诗歌的一个重要开端，是一种修正。基于这一体认，他的诗集《我构筑我的家园》于1959年出版，收录了他1943—1957年间的诗作，由他的好友、诗人和作家加布里埃尔·布努尔作序。雅贝斯在这部诗集的前言中写道："从开篇到第二次世界大战的那些年，犹如一段漫长的回溯之旅。那正是我从最温情的童年到创作《为食人妖的盛筵而歌》那段时期。而与此同时，死亡却在四处疯狂肆虐。一切都在崩塌之际，这些诗不啻拯救的话语。"

此后，雅贝斯呕心沥血十余年，创作出七卷本《问题之书》（1963—1973），并于其后陆续创作了三卷本《相似之书》（*Le Livre des Ressemblances*，1976—1980）、四卷本《界限之书》（1982—1987）和一卷本《腋下夹着一本袖珍书的异乡人》（*Un Étranger avec, sous le Bras, un Livre de petit Format*，1989）——这十五卷作品构成了雅贝斯最负盛名的"问题之书系列"（*Le Cycle du Livre des Questions*）。

除上述作品外，雅贝斯还创作了随笔集《边缘之书》（*Le Livre des Marges*，1975—1984）、《对开端的渴望·对唯一终结的焦虑》（*Désir d'un commencement Angoisse d'une seule fin*，1991）、短诗集《叙事》（*Récit*，1979）、《记忆和手》（*La mémoire et la main*，1974—1980）、《召唤》（*L'appel*，1985—1988）以及遗作《好客之书》（*Le Livre de l'Hospitalité*，1991）等。

1991年1月2日，雅贝斯在巴黎逝世，享年七十九岁。

雅贝斯的作品风格独树一帜，十分独特，实难定义和归类。他在谈及自己的创作时曾说，他始终为实现"一本书"的梦想所困扰，就是说，想完成堪称真正的诗的一本书，"因此我梦想这样一部作品：一部不会归入任何范畴、不会属于任何类型的作品，却包罗万象；一部难以定义的作品，却因定义的缺席而大可清晰地自我定义；一部未回应任何名字的作品，却一一担负起了那些名字；一部横无际涯的作品；一部涵盖天空中的大地、大地上的天空的作品；一部重新集结起空间所有游离之字词的作品，没人会怀疑这些字词的孤寂与难堪；一处所有痴迷于造物主——某个疯狂之欲望的尚未餍足之欲望——的场域之外的场域；最后，一部以碎片方式交稿的作品，其每个碎片都会成为另一本书的开端……"。

美国诗人保罗·奥斯特（1947— ）1992年在其随笔集《饥饿的艺术》（*L'Art de la faim*）中这样评价他的独特文体：

> （那些作品）既非小说，也非诗歌，既非文论，又非戏剧，但又是所有这些形式的混合体；文本自身作为一个整体，无尽地游移于人物和对话之间，在情感充溢的抒情、散文体的评论以及歌谣和格言间穿梭，好似整个文本系由各种碎片拼接而成，却又不时地回归到作者提出的中心问题上来，即如何言说不可言说者。这个问题，既是犹太人的燔祭，也是文学本身。雅贝斯以其傲人的想象力纵身一跃，令二者珠联璧合。

沉默是雅贝斯文本的核心。他在"问题之书系列"中详尽探讨了语言与沉默、书写与流亡、诗歌与学术、词语与死亡之间错综复杂的关系，以期超越沉默和语言内在的局限，对词语与意义的根源进行永无止境的探求，并借此阐发自己的思考和感悟。正如美国诗人罗伯特·邓肯（Robert Duncan，1919—1988）在其随笔《意义的谵语》（*The Delirium of Meaning*）中所说，"《问题之书》似乎是在逾越字面意义的边界，引发对意义中的意义、字词中的字词的怀疑和猜测"。雅贝斯正是凭借在创作中将犹太教经典的文本性与个人的哲学研究相结合的方法，通过持续不断地提出无休无止的问题，并借这些问题再行创作的超卓能力而获得了成功。

雅克·德里达高度评价雅贝斯的"问题之书系列"，他在《论埃德蒙·雅贝斯与书之问题》①一文中写道：

在《问题之书》中，那话语音犹未改，意亦未断，但语气更显凝重。一枝遒劲而古拙的根被发掘出来，根上曝露着一道年轮莫辨的伤口（因为雅贝斯告诉我们说，正是那根在言说，是那话语要生长，而诗意的话语恰恰于伤口处萌芽）：我之所指，就是那诞生了书写及其激情的某种犹太教……若无信实勤敏的文字，则历史无存。历史正因有其自身痛苦的折痕，方能在获取密码之际反躬自省。此种反省，也恰恰是历史的开端。唯一以反省为开端的当属历史。

---

① 《论埃德蒙·雅贝斯与书之问题》（*Edmond Jabès et la question du livre*），原载雅克·德里达论文集《书写与差异》（*L'écriture et la différence*），法国：索耶出版社（Éditions du Seuil），1967，第99—116页。

雅贝斯这种尝试以片段暗示总体的"跳跃—抽象"创作模式以及他的马赛克式的诗歌技巧，对20世纪的诗人和作家产生了极其重大的影响。1987年，他因其诗歌创作的成就而荣获法国国家诗歌大奖。更为重要的是，他对后现代诗歌以及对莫里斯·布朗肖、雅克·德里达等哲学家思想的影响，已然勾勒并界定出一幅后现代文学的文化景观，他自己也成为众多专家学者研究的对象。他的作品被译成包括英语、德语、西班牙语、瑞典语、希伯来语和意大利语在内的多种文字出版。特别值得一提的是，他的《问题之书》由罗丝玛丽·瓦尔德洛普"以大师级的翻译"（卡明斯基①语）译成英文在美国出版时曾引起巨大的轰动，被视为重大的文学事件。

由广西师范大学出版社出版的这套《埃德蒙·雅贝斯文集》，系首次面向中文读者译介这位大师。文集收录了"问题之书系列"的全部作品——《问题之书》《相似之书》《界限之书》和《腋下夹着一本袖珍书的异乡人》——以及诗集《我构筑我的家园》和随笔集《边缘之书》，共六种十九卷，基本涵盖了雅贝斯最重要的作品。

感谢我的好友叶安宁女士，她以其后现代文学批评的专业背景和精深的英文造诣，依据罗丝玛丽·瓦尔德洛普的英译本，对我的每部译稿进行了专业、细致的校订，避免了拙译的诸多舛误，使之能以其应有的

---

① 卡明斯基（Ilya Kaminsky，1977— ），美国诗人、大学教授。犹太人，生于苏联（现乌克兰），1993年移居美国。所引文字系其为《ECCO世界诗选》（*The ECCO Anthology of International Poetry*）所作的序言《空气中的交谈》。

面貌与读者见面。

感谢我的北大老同学萧晓明先生,他在国外不辞辛苦地为我查阅和购置雅贝斯作品及各种文献资料,为我的翻译和研究提供了巨大的帮助。

感谢中国社会科学院宗教研究所研究员黄陵渝女士,她对我在翻译过程中提出的犹太教方面的各种问题总能详尽地答疑解惑,使我受益匪浅。感谢我的北大校友、中国社会科学院宗教研究所研究员刘国鹏先生,是他介绍我与黄陵渝研究员结识。

感谢我的兄长刘柏祺先生,作为拙译的首位读者,他以其邃密的国文功底,向我提出了不少极有价值的修改建议,并一如既往地承担了全部译作的校对工作。

感谢法国驻华使馆原文化专员安黛宁女士(Mme. Delphine Halgand)和她的同事张艳女士、张琦女士和周梦琪女士(Mlle. Clémentine Blanchère)。她们在我翻译《埃德蒙·雅贝斯文集》的过程中曾给予我诸多支持。

感谢广西师范大学出版社多马先生,他为《埃德蒙·雅贝斯文集》的选题和出版付出了极大心血。

对译者而言,首次以中文译介埃德蒙·雅贝斯及其作品,是一个全新的挑战。因个人水平有限,译文中难免存在这样那样的谬误,还望方家不吝赐教。

译者

己亥年重阳于京北日新斋